DARIA BUNKO

黒豹王とツガイの蜜月～ハーレムの花嫁～

華藤えれな

ILLUSTRATION 黒田 屑

ILLUSTRATION
黒田 屑

CONTENTS

この作品はフィクションです。
実在の人物・団体・事件などに一切関係ありません。

黒豹王とツガイの蜜月～ハーレムの花嫁～

1

ふいに射しこんできた月の光にはっとして志優《しゅう》は立ち止まった。

視線をあげると、路地の奥からでも不思議なまでに青白く輝いている巨大な月が見える。

あの月――。

あの月が砂漠を照らし出している間に、元の世界へ帰らなければ。

でなければ、以前には戻れない。

「……っ……急がないと」

明け方まで時間がない、朝がくる前にここを抜けださなければ……。

そんな焦りを抱えながら、志優は再び迷路のようにいりくんだ路地を進んでいった。

けれど迷路のようになった路地裏から一歩も外に出ることができない。

九千もの路地と袋小路とが複雑に入り組み、絡まりあうようにして造られた迷宮のような都市。

もう何時間も、しんとした路地に志優の足音だけが異様なほど響いていた。

必死に走り続けているせいか、白くて透けそうな足元まである布をはおっているだけの涼しげな格好をしているというのに、全身がうっすらと汗ばんでいる。

肌に塗りこまれた香油の甘く妖しい匂いが鼻腔に触れて息苦しい。

「……っ。どうなってるんだ、この街は……」

何度も同じところをまわっている。

泉の前に出ると志優は再び立ち止まって、上空を見あげた。

月の表面までもが光彩のむこうに透けて見えそうなほど眩《まば》く、それでいて妖しい光が志優の顔にうっすらと降りかかる。

見れば焦りと不安をにじませた志優の姿が、水面に映っていた。

さらりとした癖のない髪、抜けそうなほど白い肌、和風の人形めいた風貌。

いつも年齢よりもずっと幼く見られ、大学生くらいに思われてしまうが、これでも間もなく三十になる救命救急医である。

以前は日本の大学病院に勤務していたが、今では国際緊急医療援助のＮＧＯに所属し、北アフリカの最前線の現場で医療活動に従事している。

いや、従事していた。ここに連れてこられるまでは。

『どうした、志優、もう弱音を吐いているのか、おまえらしくもない』

ふっと男の声が耳の奥でよみがえってくる気がした。

『一度だけ、チャンスをやってもいい。決して俺に媚《こ》びようとしないその自尊心に敬意を示して。これは俺とおまえの闘い、いや、ゲームだ』

骨に響くような低い声。

艶やかで妖艶な微笑に、背筋がぞくりと痺れそうになってしまった。

そのときのことを思い出しただけでざわざわと皮膚が騒ぎ始め、身体の芯に熱が灯《とも》りそうになる。

あの男から与えられた、甘く妖しい快楽がよみがえってきたせいだ。

この皮膚から香り立つ妖しい睡蓮と薔薇が入り混じったような香油の匂い。あの男から与えられた快楽の時間、そして己の嬌態を否応なく想起させてしまうから。

「忘れなければ。早くここから出て……ここでのすべてを」

アラビアンナイトの世界のような異世界で起きたことのすべてを。この終わりのない旅のような異空間での日々を。

志優はあたりを見まわした。

アラベスク模様のタイルが埋め込まれた壁、幾何学模様が描かれた木製の扉も、流れるような装飾書体が刻まれた窓。

曲がりくねった路地が別の路地と交差し、気がつけば袋小路へと迷い込んでしまう。焦れば焦るほど、仄冥《ほのぐら》い迷宮の深みにはまってしまうかのような不安に襲われる。

月の位置を確かめたくても、どこから見ても同じようにしか見えない。

その昔、侵入してきた敵を惑わし、追い詰めるために造られたらしいが、志優のように慣れない者が入りこんでしまうと、まさに方向感覚が惑乱され、出口を見つけられなくなってしまう。

「……っ」

似ている……と思った。

これまでの日々と。これまでのこの国での。

あの男を前にすると、こんなふうに方向感覚を失ってしまう。進もうと思っていた場所への道がどこにあるのかわからなくなりそうなほど。

こんな関係は受け入れられない、歪んでいる、理解できない。

そう思うのに、皮膚に受ける熱っぽい感覚、身体の内側を灼《や》くものに呑み込まれ、自分という人間がどの方向に向かって生きていたかさえわからなくなってしまいそうになるのだ。

そう、迷路に入りこんだように、あの男――アシュとの日々は、志優にとって心の迷宮を彷徨《さまよ》っているような毎日だった。

（早く抜けださなければ。この迷路から）

この街からも、あの男の呪縛からも。

この逃亡劇をふたりのゲームだと言った男。

人間でありながら、黒豹の化身でもあるこの国の王。

「そうだ、彼から解き放たれなければ」

――いかなるときも平静な心を持て。

心の中で自分に言い聞かせる。その昔、亡き父が遺した本の中にあった言葉だ。父が尊敬していた近代臨床医学の先駆者と言われる医師の言葉である。海外で医療活動をするようになって一年、志優は常にその言葉を頭の片隅に入れるようにしていた。

己のなかで強く決意を固めたあと、志優は冷静に月の位置を確認し直した。

そして一歩、前に踏みだそうとしたそのとき、ふいに路地の奥――漆黒の闇の奥から、なにか得たいの知れないものの存在を感じた。肌に突き刺さるような視線とともに。

獣、なにかがいる。殺気のような気配と、異様なほどのぴりぴりとした緊張感。

「……っ！」

その次の瞬間、志優は息を呑んだ。異様な獣の気配と同時に、暗闇のなかに光る夥《おびただ》しいほどの光に気づいたからだ。

志優は思わず後ずさりかけた。しかし背後にも同じような気配を感じ、足を止める。

あれは……。

目だ、闇に光る金色の双眸《そうぼう》。それらの眸《ひとみ》の主はネコ科の大型の肉食獣だった。数十頭、いや、百頭はいる巨大な豹がいつのまにかぐるりと志優をとり囲んでいた。

ウゥッという頭上からの唸り声にハッとして見あげると、周りの建物の屋根やバルコニーにも豹たちの姿があった。

青白い月の光が、彼らの体躯《たいく》を彩っている豹紋をくっきりと照らしだしていく。

豹の大群だった。その一番奥に、ひときわ異彩を放ったかのように、美しくしなやかで大柄な体躯の豹のシルエットが浮かびあがって見えた。

「……っ」

いや、シルエットではない。

一頭だけ、黒一色に包まれたブラックレオパード——黒豹が彼らの中央に佇《たたず》んでいるのだ。

そのとき、はっきりと悟った。

負けた——。

ゲーム終了。負けたのだ。

ここから一歩も動けない。自分は街から出られなかったのだ。

足音もなく優雅に黒豹が近づいてくる。他の豹たちが移動し、黒豹の前に道ができていく。

「……志優」

黒豹は志優の前までくると、すうっと一人の男に姿を変えた。

「……っ！」

艶やかな癖のない黒髪、鋭利な黒い眸、端麗に整った風貌、そして浅黒い肌、しなやかでたくましい均整のとれた長身にまとった上質な純白のアラブ服。

若々しいみずみずしさと同時に、気品と優雅さを全身に漂わせた男は、志優と視線を絡ませたあと、口元に不遜《ふそん》な笑みを浮かべ、腰から剣を抜いた。

「ゲームは終わった。諦めるんだな」

男は切っ先を志優の首元に突きつけてきた。

「――っ」

ちりっと首の皮膚に走るかすかな痛み。優美なカーブを描いた半月刀の刃に、青い月の光がきらりと反射していた。

彼があと少し力を加えると、志優の静脈は切れてしまうだろう。それでも屈したくはなかった。

「……い、いやです……諦めるなんて……」

「だめだ」

「どうしてぼくなんかを……。ぼくなど……一介の医師です。それなのに……国王たるお方が」

「そう、だからこれは復讐だ」

「……っ」

男は志優を射すくめるように鋭い眼差しで睨みつけてきた。濃艶な男らしさのなかに、秘めたる獣性をにじませた獣の王としての目だった。

逆らうものは許さない。そんな圧倒的な威圧感に怯《ひる》みたくはなかったが、志優はその場に縫い止められたように動けなかった。

「俺を捨てたではないか、母親のように慕っていたのに」

「あれには事情が」

かつて、まだ彼が幼かったころ、確かに母親のように世話をしたが。

「いい。言いわけなど聞きたくない。母親でも何でもない。今のおまえは俺の愛妾だ。ハーレムのオンナとして俺に奉仕して生きていけ」

剣を下ろし、男は一歩前に近づいてきた。

そして志優の肩を掴んで、路地の壁に押しつけてきた。

ふっと彼から、濃密な薔薇の香りがしてきた。たゆたってくるその甘やかな芳香に、身体の奥で熾火《おきび》のようにくすぶっていた火が再燃しそうになってくる。

「王……」

気がつけば、あたりにさっきまでいたはずの豹がいない。

青白い月の光を受けた路地は、シンと鎮まりかえり、志優と彼以外、生きているものの姿はなかった。

近くに泉があるのだろうか。シンとした暗い袋小路の奥からさらさらと水が流れていく音がするだけの、ひっそりとした夜の裏路地。そこに二人だけ。

「志優……どこにも行くな。おまえが欲しい、必要なんだ。助けてくれ」

周囲の静けさに比例するように眸から殺気を消すと、男は今度はすがるような眼差しを志優にむけてきた。

(わからない、この男が)

志優は息を震わせた。

これは復讐だ、ハーレムの花嫁にして、奴隷のように支配する。そう言いながら、一方で、必要だ、欲しい、助けてくれと言う。だからわからない。

「……どれが……どれが本物のあなた……なんですか」

かすれた声で問いかける。眉をひそめ、男は志優の顎を掴むと、くちづけをするときのように顔を近づけてきた。

「本物の俺……とは？」

目をすがめ、息が触れあいそうな距離で問いかけてくる。

「復讐だ、ハーレムの奴隷にすると言いながら……欲しい、助けてくれ……と言う。そのどちらが……あなたの……本心なのか」

「知ってどうする」

「……え……」

「知れば……なにか変わるのか」

「それは……」

「変わらないなら、知る必要などない。……実際のところ、俺ですらよくわかっていないのだから。おまえへの、この執着の意味が」

黒い影が顔にかかり、唇が近づいてくる。

「ん……っ……っ」

舌先で唇をこじ開けられると、彼から揺らぎでる薔薇の匂いが麻薬のように唇のすきまから口内に忍びこんでくる。

この行為の意味。この心の迷いの原因。彼ですらわかっていないことの答え。果たして、それを知ることができるのか。けれど知らなければ、前に進めない。

「ん……っ……っ」

危険な挑発と甘美な誘惑とが混ざりあった本物の迷宮。

その深淵に彷徨いこんでいくような感覚に囚《とら》われながら、いつしか志優は男の腕に抱きこまれていた。


それからどのくらい経ったのか。

気がつけば、志優は男の腕に抱かれていた。

場所は彼のハーレムでも、彼の宮殿のどこかでもなく、迷宮都市の奥に、ひしめき合うように建っている場末の安宿だった。

娼婦や男娼たちが旅人に声をかけて連れこむときに利用するような、それ専用といっていいような安宿の、漆喰《しっくい》が剥《は》がれて壁の骨組みが剥《む》き出しになったような狭い部屋の中。

ギシギシとベッドが揺れるたび、真鍮《しんちゅう》のベッドの脚が石造りの床を傷つけていく。

上空で煌《きら》めいていた月はいつしか西の砂漠の果てに消え、迷宮都市の街は容赦なく真昼の太陽に灼かれていた。

裏路地は、暗闇にも等しい濃い影に包まれている。

北アフリカの光と影が最も強くあらわれる時間だった。

それでも昨夜と違うのは、ざわざわとした人々の生活音が耳に聞こえてくることだ。

路上に店を広げている骨董屋や銅や陶器の食器を売っている行商人の活気に満ちた声。

或いは荷物を乗せたロバがカツカツと歩いていく音、そして路地を走り抜けていく子供たちの賑やかな声……といったものが、壁の向こうからがやがやと響いてくるのだ。

そんな街の一角に建つ、古めかしい連れこみ宿。

建物の一番奥にある、あかりの届きにくい部屋の片隅のベッドで、もう何時間、こんなことをしているのか。

「いや……あぁっ……あぁ……っ」

ここに入ってくるなり、衣服を剥ぎとられ、ベッドに押し倒された。

どれほど抵抗しても強い力で肩を押しつけられ、そのままのしかかってきた男の胸を押しあげようとしてもビクともしない。

首筋に顔を埋めながら、男は志優の胸肌をまさぐりながら、足の間に手を伸ばし、性器の先端の感じやすい窪みに刺激を与えていった。だめだ、この男に屈したら。

そう思うのに乳首への甘い刺激、性器を握りながら亀頭を指先でこねまわされるうちに身体がすぐに昂《たかぶ》り始めた。

「ん……っふ……っ」

男が首筋や耳朶《みみたぶ》を吸うたび、彼の髪がほおを撫で、そこから漂う甘い薔薇の香りに脳が痺れそうになっている。

いつにも増して乳首は赤く尖り、性器からは異様なほど濃密な雫《しずく》が滴っていった。

彼に与えられた媚薬の香りにくるおしく誘発されたせいか、それともこの迷路のような街で自分の心も同時に方向感覚が崩壊してしまったせいか。

「あ……あぁ……ん……っ」

明らかに快楽を感じた声が喉からあふれ、石造りの狭い室内に反響している。

全身にうっすらと汗をにじませ、ぴくぴくと身体を痙攣《けいれん》させながら、志優は知らずすがるものを求めたように男の背に腕をまわしていた。

「いい……のですか……王ともあろうお方が……このようなところで……護衛もつけず……」

快楽に身悶《みもだ》えながらも、頭からはそのことが離れない。だから何度も同じことを彼に尋ねてしまう。

「安心しろ。危険があれば……こんなところに入ったりはしない」

そう言って男が唇をふさぎ、口内を激しく貪《むさぼ》ってくる。

「ん……んっ……ふ……んんっ」

喉が引きつる。舌を搦《から》めとられて息もできない。

彼の長い指が乳首をつつくたび、甘美な疼《うず》きが走り、快楽の熱が腰のあたりまで広がっていって全身が痺れていく。

そうしてどのくらいそんなことをくりかえしているのか。

身体をつないでは、体内に欲望を叩きつけられ、そのまままたそこで大きくなった彼のものにこすりあげられ、止まるところのない快楽の地獄に堕ちたようにずっと身悶え続けていた。

やがて何度目かの絶頂の果てに、志優は男の腕のなかでくったりと意識を手放してしまった。

甘ったるく途切れることのない悦楽に身も心もずくずくに浸され、身体の芯までに浸透した愉楽の熱に浸るように睡魔に身をまかせていく。

そのまま深い眠りに入ったあと、ぼんやりと目覚めても起きあがる気になれず、うとうとと微睡《まどろ》んでいたそのとき、男の姿が黒豹になっていることに気づいた。
志優の身体をすっぽりと包みこみ、大型の肉食獣がサバンナでゆったりとくつろぐように
ベッドの上で丸まっている。
なぜだろう、この姿になった彼といると、人間のときの彼と違って、懐かしく優しいものに
包まれているような気がして安堵する。
こんなにも大きくなって――と、かつて自分が育てたものへの愛しい思いがこみあげてきそ
うになるからだろうか。
形良く隆起した黒豹のたくましい前肢が志優の肩にかかっている。
志優の世界には存在しない生き物。人間でもあると同時に、黒豹でもある男。人間のときも
比類のない美しさだが、黒豹に姿を変えても神々《こうごう》しいまでの美を感じさせる。
初めて見たときもそう感じた。
まだ仔豹ではあったが、こんなにも美しい獣がこの世に存在するのか、と。
成獣になるまでの豹の成長は人間よりもずっと早い。今ではすっかり凛々しいオスとなって
いる人間のときよりもほんの少し体温の高いその黒豹の肢の甲に顔をあずけながら、志優はも
う一度深い睡魔のなかに落ちていった。
この男と出会ったときのことを思いだしながら。
あれは一年前、まだ志優がこの地に来たばかりのときのことだった。

その美しい男——正しくは、その美しい獣と初めて出会ったのは、古い伝説の残る遺跡に迷いこんだときだった。

＊

ちょうどその一カ月前、それまで救命救急医として勤務していた日本の大学病院をやめ、森下志優は国際緊急医療援助のＮＧＯに加わり、医師として北アフリカにやってきたばかりだった。

エジプトからほど近い北アフリカの砂漠地帯。内戦状態が続くほぼ無政府状態の国で、軍隊を率いている将軍の勢力と、国民軍との間で激戦が続いていた。

医療本部は砲撃戦に撃ち抜かれ、蜂の巣のような跡を壁に残した建物の一部を改築して、そこを本部としていた。

「志優先生、急患です！」

その声にはっと目をひらくと、まだあたりは真っ暗だった。

医療本部の職員用の建物の一角。

一番奥の個室の床にマットを敷いてベッド代わりにし、志優はウトウトと仮眠をとっていた。

一瞬、自分がどこにいるのかわからなかったが、懐中電灯を持って立っている褐色の肌の看護師と目があい、すぐに己の状況を把握する。

ここは日本でも、自分が勤務していた東京の大学病院でもない。最先端医療の設備もなければ、反対に派閥争いや人間関係で悩むこともない場所だった。

「テロが起こり銃撃戦がありました。次々と怪我人が運ばれてきます」

「わかった、すぐ行く」

志優は起きあがり、防弾チョッキを身に着けたあと、椅子にかけていた白衣をまとった。

ここでは、爆撃や銃撃戦があったときは、白衣の下に必ず防弾チョッキを身に着けるのが習慣になっている。ほんの少し着ただけでも肩が凝ってしまうが、それでも命を守ってくれる大切なものだった。

時計を見れば、午後十時。まだ寝入ってから、一時間も経っていない。

ここには医療支援団体から派遣された数人の医師と十数名の看護師が常駐しているが、隣村で列車の事故があり、今夜はそちらに大勢が向かったため、志優が一人で当直にあたっていた。

職員用の部屋はホテルのような清潔さと便利さはないが、一応は個室になっていて、清潔を保つため、シャワーやトイレも完備されている。

さらにはマットの周りには蚊帳《かや》も設置されていた。蚊の刺傷によるマラリアへの罹患を避けるためのものである。

「こちらです。どうかお願いします」

隣の医療用の建物に移ると、担架に乗せられた数名の患者が次々と運ばれてきた。近郊の村で小規模の銃撃戦があったらしい。

「これはひどいな。緊急手術しなければ」

志優は目の前の、男の肩をわしづかむと、衣服をハサミで真っ二つに切り裂き、銃創の止血をはじめた。

街全体が難民キャンプのようになっている、かつての首都。

北アフリカでもトップを争う破綻国家といわれているこの国は、宗教的な対立や民族間の対立など、もう十数年に渡って血みどろの内戦がくり返されていた。

「この患者はきみたちで消毒と止血を。ああ、こっちは打撲だから冷やして様子を見て。重傷患者から順番に銃弾をとっていく。オペ室に運んでくれ」

トリアージというわけではないが、今夜は一人しか医師がいないため、患者の重症度に応じて治療の優先順位を決めていかなければならない。

幸い、今夜は発電機の調子が良いので、すぐに手術ができそうだ。

早口の英語で看護師や助手たちに次々と指示を出したあと、志優はテントの奥に作られている小さなオペ室へとむかう。

「見かけない先生ね。まだ十代にしか見えないけど。誰？　ずいぶん語学が達者だけど」

手術の準備をしながら、看護師の一人が古くからいる婦長のような役割をしている看護師に問いかけているのが聞こえてきた。志優の話をしているようだ。

「あ、ああ、あなたは違うキャンプにいたから知らなかったわね。一カ月ちょっと前に日本からきた新人のドクターよ」

「ええっ、一カ月ちょっとであれだけ話せるの？」

「まさか。何でも子供のとき、この近くの野生動物保護区にいたみたい。この国の複数の民族の言葉や隣国の言葉もわかるみたいだし、助かるわ」

「そうなんだ、まだ若いのにすごいわね。それにずいぶん綺麗だわ」

「そうね。背丈はそこそこあるけど細くて折れそうだし、色白で綺麗だから、最初は随分とよけいな心配したけど」

「よけいな心配？」

「そう、すぐに感染症で死ぬんじゃないかとか、荒くれの男どもに犯されてしまうんじゃないかとか。でも杞憂《きゆう》だったわ。ああ見えて強面《こわもて》の凄腕の医師で、きつい性格をしているから誰も近寄らないの。東洋の魔術を使うという噂もあるし、笑ったところを見たことなくて、何となく怖そうだし、陰惨なテロの現場やどんな残酷な遺体を見ても顔色一つ変えないし」

「そうなんだ、意外だわ。一見、頼りなさそうに見えるのにね」

その通りだった。ほっそりとした体躯、それに能面か雛人形か観音像かというような、頼りなさげな日本人といった目鼻立ちに、日焼けをしたことのない白い肌のせいで、最初は医師としてなかなか信頼してもらえなくて苦労した。

健康面では打てるだけのすべての予防接種を打ってあるし、マラリアよけの薬も二種類併用していて、決して自分が感染症で倒れることがないよう細心の注意を払っている。特効薬のないエボラやHIVに罹患しないよう最大限の注意もしているので、いきなり何かの病気で命を失うようなことはないと思う。

それでも抵抗できなさそうな相手と思われたか、何度か犯されそうになったことはある。路地や暗がりに連れこまれて複数の男性に組み敷かれたときは、このまま凌辱《りょうじょく》されてしまうのだと覚悟した。

あのときは、心の中で自分に言い聞かせた。

どんなときでも平静の心を持て――と。

NGOの面接に行ったとき、日本人の男性、とりわけ志優のような風貌をした者は性的対象にされやすい、なにかあったとしても自分で対処できるかと質問され、『もちろんです。最悪の場合は、犯されても文句は言いません』と答えて、面接官たちを驚かせた。

別にそれを望んでいるのでも、そんなことがあっても仕方がないと諦めていたのでもなく、どんなときも動じない覚悟で現地に行くつもりだという意味で言ったことだった。

そしていつでもそれを心にとどめていた。

己の身になにがあっても平静でいるようにしなければ。なによりも、大事なのは命、それから医師として大切な目と腕を守ることだ。それを最優先することを冷静に考える思考を保たなければ。

そんなふうに思っていたので、志優は男たちに淡々と説明したのだ。

『レイプしたければレイプをしてもいい。いや、許可をしているのだから、レイプにはならない。合意の上での性交渉ということになる。幸いにもぼくはＨＩＶ等の感染症のキャリアではないので、安心できる相手だが、できればコンドームを使ってほしい』

そう言って、志優はコンドームをポケットから取り出して、一人ずつに渡した。

『装着の方法は簡単だ。わからないなら、説明する。破らないように気をつけてくれ。それから口内には不特定のウイルスがいる可能性があるのでフェラチオは避けよう。ああ、あと、医師としての仕事があるのでできれば早く済ませてほしい。ぼくでよかったら、時間のあるときは性交渉に応じるので、女性やそれ以外の人物を襲うのはやめて欲しい』

淡々と冷静に言う志優に、男たちは困惑した様子でコンドームを握りしめていたが、そのとき、そのうちの一人が痙攣を起こして倒れた。そして破傷風に感染していることがわかり、その場は大パニックになって、性行為どころではなくなった。

人から人へは感染しないと言ってもなかなか理解してもらえず、患者を焼き殺そうとするものがいたり、呪術師を連れてくるものがいたり、あるいは、志優が妖しげな侍の魔術を使って病気を発症させたという噂まで流れてしまった。

幸いにも破傷風の初期症状だったのでペニシリンが功をなしてことなきを得たが、それ以来、東洋の医師は侍の子孫で、怪しげな魔術を使うので危険だという噂が立ち、志優を犯そうとするものはいなくなってしまった。

変わり者の変人という噂が立ったせいか、他国から派遣されている医師から何となく遠巻きに見られるなか、それでも同国の日本出身の医師だけは、時々、志優に話しかけてきた。日本語が話したかったせいもあるだろう。

『志優先生は白河医科大学病院の救命科にいたのか。しかもアメリカで公衆衛生学の修士をとっているとは。君みたいなエリートがよくこんな現場に来たね』

先にここにいる日本人のドクターが口癖のように言うが、志優にとっては、医療優先、人命優先の現場にいることにやりがいを感じていた。

両親はそろって獣医だった。

幼いころ、やはり国際協力という形で、野生の動物の保護のため、ケニアとタンザニアの国境沿いで暮らしたことがあった。

アフリカゾウやキリン、ヌー、インパラ、それからライオンや豹、ハイエナ等、毎日のように保護された野生動物の治療をする両親の姿を見て育った。

愛らしいライオンやチーターの子供にミルクをやるのを手伝うこともあったが、志優が一番好きだったのは、肉食獣の中ではあまり評判の良くないハイエナの子供だった。

一見、犬のような外見をしていてもハイエナはネコ科に近い動物で、食べ残しを横取りするので卑怯な動物のように譬《たと》えられているが、実はハンターとして優秀で、幼いころは、産毛がもふもふとしていてとても可愛い。頭が良く、社会性も学習能力もあるので、きちんと躾《しつ》ければ、実は人間との共存もできるような愛らしい動物だった。

もちろん人間との絆を深め過ぎてしまうと、野生にもどれないので、志優もできるだけ仲良くならないよう気をつけていた。

それからハイエナの次に好きなのが豹だった。

こちらは普段は群れで行動するハイエナよりも気まぐれで、自己中心的で、警戒心が強く、いかにも野生の肉食獣といった気高い風情を漂わせているのが魅力的だった。

同じ大型の肉食獣にライオンがいたが、やはり群れで行動する彼らと違い、常に一匹で行動し、誰にも媚びようとしない豹に、志優は同胞意識のような感覚を抱いていた。

多忙な両親のもと、いつも自分一人で何でもできるようにと思って育ってきたため、志優は人に甘えるのが苦手だった。さらには同年代の友達もいない環境だったので、大勢で遊ぶという感覚が身につくことはなかったのだ。

あのころは今のような形の医師ではなく、いつか自分も両親のような獣医になってアフリカの地で野生動物たちの保護の任に就きたいと思っていた。

そんなある日、コンゴの保護区にいったとき、民族間の紛争に遭遇した。

野生動物たちの保護施設は焼き払われ、父を始め、大勢の職員が銃弾で撃たれて亡くなり、志優は母とともに緊急で帰国することになった。

『あのとき、現場に緊急救命医がいれば。ううん、内戦さえなければ』

母から何度その言葉を聞かされただろう。

現場には大勢の獣医はいたが、人を相手とするドクターはいなかった。そのため、普通なら助かるような負傷者が大勢命を失ってしまったのだ。

『コンゴの内戦は資源の豊富さが原因なのよ。ダイヤや金、銅、コバルトが豊富なために、その利益を貪ろうとする者たちの醜い利権争いのせい』

そのため、何百万という人々が命を失い、何十万という難民を生み出したという。

父も、父の仲間の多くもその犠牲になった。

一度の爆撃で大量に人が亡くなり、街は負傷者たちであふれている。親を失った子供、子供を失った親、手や足がなくなってしまった者、大火傷《やけど》でもがき苦しむ者。

大事に育てていたハイエナの保護地区も焼き払われ、象やキリンたちも苦しんで逃げ惑っている。鶏や家畜の厩舎も破壊され、家畜は奪われて行った。

そんな姿を目の当たりにして志優は呆然とした。

あまりのショックに涙も出なかった。許せない、こんなことがどうして起きるのか、人間はこんなことをする生き物なのか――と。

命からがら、母と日本に帰国。志優が十二歳、ちょうど中学にあがる年齢のときだった。

その後、母はずっと部屋にこもりきりになり、頻繁に自殺未遂をくりかえす日々が続いた。

父の死、同僚や動物たちの死、さらには戦争の残酷さに心が耐えきれなかったらしい。

極度の抑鬱《よくうつ》状態になり、生きる気力が失われてしまったのだ。獣医の職の話もあったが、アフリカでのことを思いだすので、母は二度と働くことはなかった。

幸いにも、母の亡くなった祖父母が住んでいた実家があったので、住む場所に困るようなことはなく、父方の遺産もあったので贅沢をしなければ生活に困るようなことはなかったが、志優はひたすら母を介護する毎日を送っていたように思う。

学校ではアフリカ帰りの風変わりなやつという目で見られていた上に、人と打ち解けるのが苦手なこともあり、イジメの対象になってしまった。

教科書に落書きされたり、ノートを隠されたり、体操服に水をかけられたり、靴がなくなっていたり、財布から金をとられたり、用具室に閉じこめられたり……と、いろんなことをされたが、母に余計な心配をかけたくなかったので誰にも言わなかった。ただ自分に言い聞かせた。

こんなことは大したことではない。耐えられる。ここは平和な国だ。命を失うわけでもない。火災で逃げ惑わなければいけないわけではない。いきなり家族を奪われるようなこともない。学校にいる時間だけ我慢すればいいだけだ。

冷静になろう、いつでもどんなときでも冷静に。そう己に言い聞かせると、学校では怖いものなどなにもなかった。

それよりも怖いのは、母を失うことだった。

志優は一生懸命、家のなかでは明るく振る舞うようにし、母に笑顔をむけようとした。けれどそれが母の心を余計に凍らせてしまった。

『あなたは元気でいいわね。あんなことがあったのに、よく笑っていられるわね。でもあんたの笑顔、ちょっと変。どこか気持ち悪いわ』

それからあと、どんなふうに母と接していたのか、志優の記憶にはない。気持ち悪いと言われてからは、母の前だけでなく、人前でも笑わなくなったように思う。

しかし自分に言い聞かせていた記憶は残っている。落ち着こう、命があるだけでも幸せなことなのだから。他のどんなことにも動じないでいよう、と。

その後、志優は父のような犠牲者を出したくないという気持ちから、医師を志すことにした。

生真面目で、寡黙で、仕事一筋の無骨者。そうした性格を煙たがられ、同僚たちとうまくいかないことも多かったのもあり、結果的に仕事を追われることになってしまった。

できるだけ摩擦を起こさず、大学病院の救命科で最先端医療を学ぼうとしたものの、理事長の息子が起こしてしまった医療ミスの濡れ衣を着せられてしまったのだ。

交通事故で救急搬送されてきた患者だったが、緊急手術の後、容体が急変して心肺停止状態になった若い男性患者がいた。

それが若手の国会議員だったこともあり、理事長が威信をかけて息子に担当させたのが裏目に出てしまい、麻酔の投薬量のミスが原因で心肺停止の状態になったのだ。

投薬のミスは、国会議員が大量のアルコールを摂取して車を運転していたせいだった。

理事長の息子はアルコールの影響を加味しなかったため、麻酔の投薬量を誤ったのだ。単純なミスだった。

当直中の志優も呼ばれ、蘇生に尽力したが、十分以上の間、脳に酸素が不足したため、意識も不明、自発呼吸ができない状態となってしまった。

国会議員の家族は、議員が飲酒運転をしていたことを隠し、理事長は息子のミスを隠そうとして話しあい、最終的にまだ後期の研修医だった志優が投薬をミスしたために起きた事件として発表されてしまった。

もちろん否定しようとしたが、結局は逆らえなかった。何の力もない人間の無力さ、後ろ立てや学閥に所属していないものの弱さを痛感する日々だった。

それ以来、マスコミに追われるようになり、志優は予定よりも早めにＮＧＯに参加する決意をした。今の日本では、志優のような医療ミスで問題になった医師を雇ってくれる病院はない。

(でもこれで良かった。母も一昨年亡くなっているし、日本には未練はない)

ここなら、ただ純粋に医療に従事できる。

自分はもともとそのために医師を目指したのだから問題はない。そんなふうに思いながらひと通り、患者たちの処置を終えたとき、突然、本部の電話が鳴った。

「先生っ、大変ですっ!」

空気を切り裂くような声に、志優は反射的に振り向いた。

「近郊の村でテロ発生。現場では死者多数です」

「テロだと?」

「ここから十キロほど北に行ったティグレ村で、自爆テロがありました。火災が発生したため、全身熱傷、呼吸浅薄《せんぱく》、多数と連絡が。おそらく大量に搬送されてくるとのことです。隣村に行った医師たちが戻ってきたばかりで、すぐに対応できるのが先生しかいないのですが、お願いしてもいいですか?」

「他の先生方が戻ったのなら、搬送される患者を任せても大丈夫だな。ぼくは現場に行くよ」

志優は救命用の道具を入れた医療バッグを開け、必要なものが入っているか確認した。

「行くって、先生自らですか?」

「ティグレ村なら、車を飛ばせばすぐだ。搬送のため、トリアージの必要もあるだろうし、応急処置をしないと助からないものもいるはずだ。誰か看護師も一人乗ってくれないか」

「でもテロがあった現場ですよ。まだ混乱しているみたいですし、今、軍隊が向かう準備をしているみたいですから」

「だからこそ一刻も早くドクターの手が必要だろ。軍隊を待っている余裕はない」

「危険です。軍隊に護衛を頼んでいますから」

「わかった、じゃあ、君たちは軍隊と一緒に来てくれ。ぼくは先に行く」

医療バッグを手にし、志優は車に乗りこんだ。

外に出ると、青白い砂漠を煌々《こうこう》とした満月が照らしていた。

これなら道に迷うことはない。志優は必死に車を飛ばした。


現場に行くと、大きな火災になっていた。普段は電気が通っていないため、真っ暗な場所だが、皮肉なことに火災のため、あたりが明るくなっている。

「先生、こっちです！」

「指示をお願いします」

現場は混乱していた。本部に運びこもうと、トラックの前に重傷者たちが集められていた。

「では、まず意識障害のある患者からこっちへ」

志優は最初に運ばれてきた患者の瞳孔をたしかめた。

「彼はすぐにトラックで本部の方へ。こちらは軽度の熱傷なので後で。止血が必要な者はすぐに処置をする」

ここでは、まともな機器がないため、意識障害の有無はわかるものの、呼吸数や脈拍をすぐに調べることはできない。

かろうじて、簡単に血圧を測る道具だけは持ってきているが。

次々と運びこまれてくる負傷者たち。すぐに助けが必要な負傷者に応急処置を施していく。

「この女性患者は、胸部に打撲痕と皮下気腫がある。肺の呼吸音も弱い。胸腔《きょうくう》内で出血している可能性がある。ここで緊急手術する」

乗ってきたジープの後部座席を倒して、緊急用の手術室を作る。

カーテンを引いて、簡易のストレッチャーを出して、ライトを照らす。

タタタタ……という自動小銃や機関銃の音がどこからともなく聞こえてきた。

まだどこかにテロ要員が潜んでいるのか。

まずい、ここで無事に手術をし終えることができるのか。

そんな不安に駆られたとき、軍隊を護衛にした本部からの第二陣のトラックが現れ、志優がトリアージした患者たちを順序よく運んで行く準備をし始めた。

「よかった、これで安心だ。あとは、緊急手術の必要な者だけ、ここで処置しておきます」

志優は残りの患者をトラックの者に任せ、軍隊の護衛を受けながら手術を始めた。

ここにきた初日から、こんな感じの毎日が続いている。

本部での手術か、現場での手術か。時折、感染症が大流行している地域での医療や、出産に立ち会うこともある。今回はテロ現場での負傷者の治療だった。

そうして一段落がついたのは、煌々《こうこう》とした満月が砂漠の彼方にゆっくりと消えて行こうとしている時間帯だった。

「少し休んでいく」

こんなところで休むよりも、本部にもどった方がいいと思いながらも、さすがに疲労感に襲われ、志優はぼさぼさの前髪をかきあげながら、ふらふらとした足どりで車にもたれかかった。

アザーンの響きが村のどこかから響いてくる。

砂埃《すなぼこり》に塗れた車のミラーに、疲れた顔の若い日本人の姿が映っている。

北アフリカにきて一ヶ月が過ぎたが、殆《ほとん》どをテントの中で過ごしているので、今もまだ色白のままだ。細面だった顔はさらに痩せたせいで、つりあがり気味の奥二重の眸が以前よりもきつく見えるような気がする。

(同じアフリカでも、子供のときとは随分違うな)

コンゴの内戦に遭遇するまでは、のんびりとしたサバンナで、野生の動物たちを相手に両親とのどかに暮らしていた。

これまでの人生で、一番楽しかった思い出——それは両親がまだ元気で野生動物の保護に専念していたころ、アフリカのサバンナで肉食獣の赤ちゃんたちと戯れていた時間だ。

ひたすらじゃれてくるライオンの赤ちゃんたちが大好きだった。

小さいくせに、一丁前にヒゲが生えているのがとても愛らしかった。ぎゅっとしがみついてくるチンパンジーの赤ちゃんの、いじらしいほどの甘えた抱きつき方も好きだった。

くりくりとした大きな目にふわふわの毛をしたハイエナの子供、そしてその子供と仲のよかった豹の赤ちゃん。

ふわふわとした耳をハイエナの子供に甘噛《あまが》みされるたび、ふるふると身体を震わせて、ピューっと粗相をしてしまう姿を見ていると、思わずその愛らしさに身悶えしてしまいそうだった。

今はもう戻らない懐かしい思い出。

振り返れば、あのときほど幸せな時間は存在しない気がする。

それがどれほどかけがえがなく、どれほど満たされていたものだったのか、あのころはまったく気づきもしていなかった。

あまりにも幸せすぎて。あまりにも優しすぎて、そのことに————。

殺伐とした時間のあと、動物たちとの懐かしい時間に思いを馳《は》せていたそのときだった。

「……っ」

どこからともなく、なにかが呻《うめ》くような声が聞こえてきた。

まだ誰かどこかに患者が残っているのか。

声がするのは、村の背後にある古代遺跡のあたりからだった。

志優は車に鍵をかけ、医療バッグを背負ったまま、遺跡の方に向かって進んだ。

明け方の空が薄紫色をした淡い時間帯。

椰子の木の葉が風に揺れるなか、あたりが明るくなるにつれ、その村がイスラム諸国の郊外のどこにでもあるような古めかしい集落だというのがわかる。

焦げた臭い、荒々しくも無残に広がる瓦礫《がれき》。燃えた家々の悲惨な残骸とは裏腹に、広大な砂漠を背に佇む岩山の間に現れた遺跡は、そこだけが別世界のように美しく見えた。

「気のせいか」

もううめき声のようなものがしない。ただ大地の上をさらさらと風が流れていくだけ。

「あれは、神の国の遺跡だよ」

背後から声が聞こえてきた。

ふりむくと、赤茶けた布を頭にまとった年老いた女性が立っていた。

「神の国……ではあれがソロモン王の？」

「そう、かつてはあそこに、ソロモン王とシバの女王の子孫が住み、繁栄していた。その王国のことを古代エジプト人は『神の国』と呼んでいたんだよ。大いなる尊敬と畏怖《いふ》を込めて」

何者だろう、さっきまでこの辺りには誰もいなかった気がするのだが。

「聞いたことがあります、確か豹の……」

「そう、そこには王国の入り口があり、時折、豹の王が姿を見せるのです。今はもう絶滅したというアラビア豹が」

「アラビア豹……」

この国にくる前、どういう歴史があり、どういう民族たちが暮らしているのかをできるだけ調べようと思って、可能な限りインターネットで検索してきた。

医療本部の近くに、小さな村があり、その背後の砂漠の入り口に、かつて古代エジプト人たちが『神の国』と呼んだ王国の遺跡があるということをそのときに知った。

アラビア半島からやってきたソロモン王とシバの女王の子孫が建てたという王国。

その王国の人々はアラビア豹の血を宿し、繁殖の時期になって身体が発情をすると、人間から豹に変身して交尾をし、子孫を作ったという。

その話を最初に聞いたときは、人にも豹にもなるような生物が存在するなどありえないと一笑した。それと同時に、そうした迷信深い人々に、どうすれば近代医療を受け入れてもらえるものだろうと悩んだのを記憶している。

そして絶滅したアラビア豹というのがどんなものなのかも調べた。

すると絶滅危惧種には入っているが、まだ完全に絶滅が確認されたわけではなく、この遺跡のあたりにいるかもしれないという記事を見かけた。

「では、ここがその不思議な人豹王国のあった遺跡なんですね」

と問いかけようと振り向いたとき、老婆の姿はなかった。

今のは、何者だったのだろう。

志優は誘われるように遺跡の前まで進み、細長い迷路のようになったその奥の道をのぞいてみた。そのとき、またさっきと同じ呻き声のようなものが聞こえてきた。

「え……っ」

ハッとしてみれば、潅木《かんぼく》の陰にぐったりと倒れこんでいる豹の親子の姿があった。

母親と子供のようだ。

昨夜のテロに遭遇したのか、母親は片肢がなく、腹部から血を流して絶命していた。

野生の美しい豹。こんな巨大なものは初めて見る。

豹は、ライオン、虎、ジャガーとならんで、世界四大ネコ科動物といわれていて、そのなかで一番小柄だが、それでも大きなメスは体長二メートル近くあるらしい。

その隣に、まだ生後半年くらいの小さな豹がいて、母親に取りすがるようにしてかすかな声を上げている。

豹紋がはっきりと見える母親豹と違い、仔豹は珍しい黒豹のオスだった。かなり遠くからやってきたのだろう、泥まみれで痩せた身体をしていた。

（これは……）

けれどよく見れば、凛々しそうな美しい風貌をしているオス。尤《もっと》も、母豹がそばにいなければ、黒豹というよりもただの大きめの黒猫にしか見えないのだが。

黒い豹は豹の別種というわけではなく、変種なので、母親が黒でない場合があることも知っている。

あたりが薄暗く、黒い被毛だったため、すぐには気づかなかったが、その豹も腹部がざっくりと割れたようになっていてそこから大量の血を流していた。

「大丈夫かい？」

話しかけ、近づくと、その仔豹は一瞬警戒して毛を逆立てた。

「大丈夫、手当てをするだけだから」

笑顔を向けて地面に膝をつき、目線を低くして近づいていく。

そうしてすっとのばした志優の手が顎のあたりに触れたとたん、仲間だと勘違いしたのか、喉をゴロゴロと鳴らし、ミーミーと声を出して手首にしがみついてきた。

「……っ」

しなやかできりりとした目鼻立ち。けれどまだぷにぷにとした柔らかな肉球をしている。そしてなによりもやわらかな毛の感触がとても愛らしいが、このまま放置すると命が失われる可能性がある。

「しっかりしろ、助けるから」

母親はもう絶命している。だとすれば、怪我をしていなくても、この小さな豹が一匹で生き残っていくのは容易ではないだろう。

獣医師だった両親のそばで育ったこともあり、簡単な応急処置なら志優にもできる。

麻酔を打ち、持っていた医療バッグから消毒薬を出して消毒し、傷口を縫いあわせていく。

そして包帯で傷口を巻き、抱き上げた。しかしくったりとしたまま、力が抜けたようになっている。元気がない。どうしよう。

そう思ったとき、医療バッグのなかに赤ん坊用のミルクと哺乳瓶があることに気づいた。いざというときのため、常備しているものだった。

「これ……人間用のものだけど」

ペットボトルの水で溶かし、黒豹の彼の口に近づけていく。けれど口を開こうとしない。そうしているうちにどんどん体温が下がっている気がした。

負傷し、血が大量に流れてしまっている上に砂漠の夜の寒さのせいですっかり冷えてしまったのかもしれない。

「しっかりして……しっかり」

どうしよう。ジープのヒーターをつけたいのだが、砂漠の砂が入りこんでくるので空調が壊れている。普段は毛布も積んでいるが、昨夜、患者を運ぶときに使ってしまったので、ここにはもうなにもない。白衣は血塗れで使えないし。

「これだけしかないけど」

志優は防弾チョッキを脱ぎ、シャツのボタンをひらいて彼を自分の胸で抱きしめた。こちらの体温が伝わるようにしたあと、自分が着ていた防弾チョッキでその背を覆う。

「……っ」

元気になって欲しい。助かって欲しい。少しでもあたたかくして。よしよしと赤子をあやすように頭や背を撫でていく。

すると前肢で哺乳瓶を挟み、仔豹はこくこくとミルクを飲み始めた。

「よかった……」

志優はホッとして息をつき、仔豹をぎゅっと抱きしめ、その額にそっとキスをした。すると彼の喉がゴロゴロと鳴った。よかった、喜んでくれている。

思わず顔をほころばせていた。もう何年も浮かべたことのない笑みを。

「じゃあ、行こうか。あまり長居ができないんだ」

母親の死骸をどうしようか悩んだが、志優はそのまま放置することもできず、車を現場まで近づけて、後部座席に乗せた。

仔豹が目を覚ましたとき、母親の死を教えて、そしてそれから埋葬しよう。

(昔……母さんから聞いた埋葬方法で)

砂漠で旅人を埋葬するときは、夜、スカラベに遺体を捧げるといいという話。

古代エジプトでは、スカラベは死と復活と再生を司《つかさど》る生き物だったという。スカラベに捧げることで、来世へと繋ごうとする残された人々の祈りのようなものかもしれない。

「ごめんな、少し移動するから。夜になったら、スカラベのいるところで埋葬しよう」

仔豹を助手席に乗せ、車を発進させる。

すでに太陽は上がり、朝日を浴びた砂漠がとても美しい。

「少し揺れるけど、もうすぐ本部だ。着いたら、ご飯を用意するから」

助手席で眠っている仔豹の背を撫でながら話しかける。

巨大な太陽が東の空から強烈な日差しを浴びせ、砂漠をきらめかせている。

そうした美しい砂漠とは対照的に、道沿いには、焼き払われた集落や瓦礫《がれき》と化した無人の村なども点在していて、否が応でもこの国の悲惨な状況を痛感せずにはいられない。

「平和になって欲しいな。少しでも……平和に……誰も愛する人を失わないような世界に」

片手で仔豹を撫でながらぼそりと呟《つぶや》く。

父の死、帰国後の母のことを思うたび、切り裂かれそうなほど胸が痛む。

そうした悲劇が少しでも起こらないよう、手助けがしたくて医師になったが、昨夜のような現場に行くと、自分の力など何の役にも立っていないのではないかのような無力感をおぼえる。

「でも……がんばらないとな。そのために医師になったんだから」

黒豹に言葉がわかるわけでもないのに、自分を鼓舞《こぶ》するように志優は彼に話しかけ続けた。

彼がペロリと舌先で手の甲を舐《な》めてくれたり、膝に前肢を置いてもたれかかったりしてくれるので、何となく彼が話を聞いて、励ましてくれているような気がしたのだ。

「ありがとう、ちょっと気持ちがあたたかくなったよ」

にこやかにほほえみかけると、黒豹は大きな目でじっと志優を見つめた。こちらの言葉をわかっているというように。

ものを語る目をしている、と感じる動物が時々いる。こちらの言葉を理解し、なにかそのことに返事をしようとしているような……。彼はまさにそんな目をしているような気がした。

志優はそっとその額を撫でた。やわらかくてふわふわとした被毛を愛撫するように。すると彼はゴロゴロと喉を鳴らし、志優の手にほおをすり寄せてきた。

「ありがとう、君は本当に優しいね。君と一緒だったら、毎日がとても楽しくなりそうだな。ずっと一緒にいられたらいいのに」

この仔といると自然と笑みが浮かぶ。ずっと忘れていた、懐かしくて大切なものを思い出すのだ。なにかを慈《いつく》しみたいという、なにかを大事にしたいという気持ち。

けれどここでは、それができないのはわかっている。

ここが、昔、子供のときに両親が働いていたような平和な野生動物の保護区だったらいいのだが、いつなにが起きるかわからない内戦の激戦地である。

こんなところに長く置いておくわけにはいかない。

この仔豹の怪我を治し、母豹の埋葬をしたあとは、どこかに放ちに行くか、あるいは野生動物保護の団体に相談しなければ。

どこにどうやって連絡を入れようか……そんなことを考えているうちに本部に到着した。

ちょうど近場の難民キャンプに向かう配給のトラックが出発するところだった。

この本部のある街のあたりは、近くに川や湖があるので水には困らないが、少し砂漠の奥に行くと、水のない難民キャンプがいくつも点在している。

本部のある街は、かつてはそれなりに近代的な都市として発展していたようだが、内戦が続いているため、すっかり荒廃し、銃弾の跡のない建物が存在しないほどだ。人々はすっかり飢え、麻薬やエイズが蔓延《まんえん》している。

盗難や密猟も横行し、象牙《ぞうげ》や野生の肉食獣の毛皮を国外へと運び出し、高額で密売している者も多い。

（バレないようにしないと。密猟者にこの仔豹の存在が知られたら大変なことになる）

欧米、さらには日本の支援団体が入っている医療本部は、崩れかかった廃墟のようになった街の中で、唯一、まともに過ごすことができる場所となっていた。

敷地全体が鋭い刃のついた鉄条網で覆われ、検問所を通らなければ中には入れない。

患者を乗せたトラックやジープも、一旦、ここで検問を受ける。仔豹には防弾チョッキと自分の白衣をかけて外から見えないようにしておいた。

「こ……これは……アラビア豹の死骸じゃないですか」

検問所にいるハイレという名の若い男性職員がジープの後部座席に乗せた母親豹に気づき、驚いた声を上げる。

「昨日のテロに巻き込まれたみたいなんだ。埋葬しようと思って。ところで、アラビア豹というのは、あの絶滅しかかっているという?」

「ええ、実に珍しい。生きていれば、何万ユーロで売れたことか」

「そんなに……」

「アラブの富豪の間で、流行《はや》っているんですよ、珍しい肉食獣をペットとして飼うのが。うちのような貧しい破綻国家にとって、野生の肉食獣は稀少な経済資源ですからね。子供の豹が見つかれば、どれほどの高値がつくか」

「金のために……密売している組織があるのか」

「ええ。だから生きている豹を勝手に捕獲した者は逮捕されるんですよ。まあ、それでもみんな隠れて売買してますけどね」

知らなかったのですか?　と問うような目で見られ、志優はごまかすように笑って言った。

「へえ、豹がそんなに高値で売れるのか」

「あ、でも死骸でも大丈夫ですよ。少し価値は下がりますが、その毛皮は珍しいアラビア豹のものとして、高く売れると思います。先生、いい拾い物をされましたね」

いい拾い物。高値で売れる。

その言葉に、ゾッとした。

基本的に、どんなに良さそうな人物に見えても、志優はこの国の人間を信頼していない。

母親豹はともかく、赤ちゃんのアラビア豹がここにいることがわかると、この気さくな検問所の青年もいきなり豹変し、志優を殺してでも豹を手に入れようとするかもしれない。

「ありがとう、いいことを教えてくれて。ただこの豹の死骸をどうするかはまだ決めていないんだ。医師として調べたいこともあって。寄生虫や狂犬病の有無を調べてからでないと処理はできないから。下手をすると、狂犬病に罹患することもある」

「えっ……死んでいる動物からもですか？」

狂犬病という言葉を耳にした途端、ハイレの顔が引きつる。

日本では、狂犬病と呼ばれているが、実際は、ありとあらゆる哺乳類を介して感染する、世界で最も恐ろしい感染症のことである。

発症した後の致死率はほぼ百パーセント。昨今、人々を恐怖に陥《おとしい》れているエボラ出血熱よりも致死率が高く、一旦、発症してしまうと、水を恐れ、光を恐れ、のたうちながら死を迎えてしまう。日本では、海外渡航中に動物に噛まれた人間が死亡した症例はあるが、徹底した狂犬病予防のおかげで、国内での感染例はない。だが中国やアジア全域、アフリカ、南米では、今も多くの人間が狂犬病によって命を失っている。

「狂犬病は、角膜や臓器移植から罹患した例もあるんだ。イヌ科、ネコ科はもちろん、コウモリからの感染例も多いし、気をつけるに越したことはない」

「そうですね、検査は大事ですね。あ、その後、必要であったら教えてください。いいブローカーを紹介しますよ」

「ブローカー。やはりそういう商売が成り立っているのか」

いいブローカーを紹介する。つまりブローカーとつながっているということだ。

一瞬、不快な顔をしたのが伝わったのか、ハイレはあわてて言い訳した。

「悪く思わないでください。ここではそうしないと生きていけないのですから。俺だって別にいつもそんなことをしているわけでは……」

「わかっているよ。密猟に関わっている外国人も多い。いい小遣い稼ぎになるからね。見つけたのが死骸で残念だよ、生きた豹なら大金になったのに」

志優はわざと彼らの味方のような言い方をした。下手に警戒され、この死骸について詮索されたくなかったからだ。ここに生きた黒豹の仔がいることを知られないためにも。

「ああ、先生も仲間でしたか。なら今度、将軍とつながりのあるブローカーを紹介します。その死骸を発見したときのことを詳しく教えてやってください。密猟の参考になるので」

安心したかのようにハイレが話す。志優は警戒心を募らせた。

やはりこの仔豹は絶対に周囲にバレないようにしなければならない。

志優は自分が個室にしている奥の部屋の真裏にジープを停めた。

その後、母親の死骸を乗せたジープを涼しい場所に停め、仔豹を衣類で包んで見えないようにして自分の部屋へと運んだ。

改めて確認すると、内臓の損傷はない様子で、傷さえふさがればもう心配がないように思えた。あとは栄養を摂れば。

化膿止めの注射を打ち、さっきのように哺乳瓶にミルクを入れてそっと飲ませると、前肢でそれを押さえてコクコク飲んでくれた。どうやら志優のことを親と勘違いしているのか、ゴロゴロと喉の音を立てて身体をすり寄せてくる。

クリクリとした大きな目、それから綺麗な形の耳、ほっそりとした鼻梁《びりょう》、みっしりと身体を覆うやわらかな艶のある被毛、そして骨格。

豹の子供は何度も見てきたが、これほど整った容姿は初めてだった。成獣となったときは素晴らしく凛々しく、王者のような風格の黒豹になるに違いない。

周りに気づかれないよう、自分用の個室の涼しくて風通しのいい場所にケージを置いて入れ、毛布をかける。するとそのとき、ドアをノックする音が聞こえた。

「先生、患者です」

「あ、わかった。今行くよ」

天窓を開けて空調を調節し、志優は鍵をかけて部屋を後にした。

「さっき帰ってきたばかりですよね。休まなくて平気ですか」

「ああ、大丈夫だ」

「先生が倒れたらおしまいですから、くれぐれも身体には気をつけてくださいね」

「ありがとう」

その日は、怪我人や病人の診療をしながら、時々、部屋にもどって黒豹の様子を確かめた。

「今夜、お母さんの埋葬をしよう。それまでここでおとなしく過ごしてくれ」

やはり志優の言葉がわかるのだろうか。唸ることも吠えることもなく、おとなしくしている。

怪我の様子を確認すると、回復力が早いのか、だいぶ傷口がふさがっていた。抜糸までは少しかかるが、一週間もすれば元気になるだろう。

そうして黒豹の様子を見たあと、もう一度、患者たちの様子を見に行くと、そっと近づいてくる男性がいた。

「先生、検問所のハイレが言ってましたが、アラビア豹の死体を見つけたと」

ジョンという若い助手だった。

「あ、ああ。だが残念なことに狂犬病のキャリアだった。毛皮を剥ぎとるのも危険だ。だから火葬することにしたよ」

狂犬病のキャリアというのは嘘だった。けれどそう言わなければ、誰に毛皮を狙われるかわ

からない。

「狂犬病か。そりゃあ残念ですね。アラビア豹の毛皮はブローカーが目の色を変えるんで、結構な金額になったのに。あ、でも野生動物を保護したとしても、迂闊《うかつ》にブローカーには近づかないでください」

「あ、ああ」

「特に黒豹を見つけたときは、ブローカーではなく必ず軍隊に報告しないといけません。見逃しただけでも逮捕されます」

「見逃しただけでも？」

「ええ、稀少な種なので、将軍が探しているんです」

軍隊というのは、実質的に、今、この国を動かしている存在だ。そして将軍とは、その中心人物である。

「それにしても軍隊がどうして黒豹を。いくら珍しい種といっても政治的に関係ないだろう。あ、でも、それ以前に生きた黒豹なんて、このあたりにいるのか」

自分のところにいる——とは言わず、しらりとした態度で問いかけてみる。なにに利用されるのか知らないままではいられなかった。

「黒豹は神の国の支配者、ソロモン王の子孫と呼ばれていて、幾つもの伝承があるのです。ソロモン王の子孫、黒豹の血をひく人間からつがいの相手に選ばれれば、この世の栄華が手にできるとも、望みを叶《かな》えることができるとも、あるいは世界を支配できる富を手に入れられると も言われていて」

「まさか本気でそんな伝承を信じて、黒豹を捕まえようとしているのか？」

「ええ、ただの黒豹ではなく、将軍が探しているのは、自由に獣にも人間にもなれる黒豹の王 です。昨日、テロのあった村……あの近くに古代遺跡があって、そこには時空の歪みがあって、 満月の夜とその前後の三日間、黒豹の王だけが異世界の扉をひらくことができると言われてい るんです。そしてつがいの相手を探しにくると」

「つがいの相手？」

「ええ、三日間だけこちらの世界に探しにくるんですよ。このへんでは、みんな、知っている 話です。将軍はそのつがいに選ばれ、黒豹の王の恩恵を受けたいと真剣に考えています。なの で、黒豹を見つけたときは捕獲しろと」

「バカな……。それに黒豹が人間になるなんてそんなこと」

「信じられないでしょうけど、本気で信じている者も多いです」

「捕まえた黒豹がただの黒豹だったらどうするんだ」

「その場合は、支配下に置くでしょうね。黒豹を従えているだけでも、この地域では神の国の 使いを支配しているとして敬われますから」

「そうか」

思わず嫌な顔をしてしまったのか、ジョンは慌てた様子で言葉を続けた。

「悪く思わないでください。この国ではそうでもしないと生きていけないようです」

検問所のハイレも同じことを言った。この国ではそうしないと生きていけない。その言葉の向こうに、所詮は志優は平和な国からやってきた人間、安全圏内で生きている人間、本当の苦しみはわかっていないと無意識に告げられている気がする。

「いや、悪くは思わないよ。その国その国ごとの事情があるのはわかっている」

理解があるようなことを口にしたが、そう思おうという気持ちと、そう思いたくないという気持ちが志優の中でせめぎ合っている。

「その方が賢明ですよ。もしアラビア豹の、黒豹が現れたら、軍隊が総出で捕まえに行くと思います。見かけたときは俺に教えてください。勝手に捕獲したときは死刑になります」

死刑――――。

「わかった。見かけたときは君に伝えるよ」

もしやなにかバレているのだろうか。緊張しながらも知らんぷりをしてそう言った。この国の事情はよくわからないが、あの黒豹のことを報告してはいけない気がした。

「これが俺の携帯電話の番号です。見つけたときは必ず一番に俺に」

「あ、わかった」

スマートフォンに彼の連絡先を入れたあと、自分の部屋にもどり、志優は黒豹の姿を確かめた。

（黒豹を勝手に捕獲した者は死刑……か）

では、このままだと志優は死刑になるということか。日本からのODA《政府開発援助》の支援もあるため、日本人の志優相手にそれはないと思うが、この国ではそのくらい重大なことなのだ。

黒豹の仔は、そんな人間たちのきな臭い事情など知る由《よし》もなく、安心しきったような顔でぐっすりと眠っている。この豹がここにいることがわかれば将軍はすぐに連れていくだろう。そしてその伝承のものかどうかを確かめ、そうでなかったときは支配下に。

確か昨日は満月の夜だった。

（いや、まさか、そんなことがあるわけない）

志優は医師として、極めて現実的な思考の持ち主だ。

しかしアフリカの大地で過ごしたこともあるので、ここではそうした迷信が本気で信じられているということも知っている。

だとしたら、ここに長く置いておくことはできない。将軍がなにかに利用するかもしれない。

腹部の傷が回復次第、元の場所にもどすべきだろう。

生後半年程度と思われる黒豹が自分だけで生きていけるかはわからないが、狩りができない年齢でもないと思う。

夜、動かしても大丈夫かどうか確認した上で車に黒豹を乗せて外出の支度をした。

「市場に買い物に出かけてくる。すぐに戻る」

検問所のハイレに、偽《にせ》の外出届を出し、志優は深夜に砂漠へと向かった。幸いにも今夜は当直ではなく、テロもなさそうだった。

闇夜にのぼった大きな月は、今日、地上で起きている血なまぐさい現実を綺麗に浄化しそうなほど美しかった。月の光がまばゆい。

岩山の裾野を見ながら、ジープに乗り、静寂に包まれた砂漠を進んで行く。

「こうしていると、地上でのもろもろが嘘のようだな」

助手席に座らせた黒豹の頭を撫で、志優はぼそりと呟いた。小首を傾げて黒豹が不思議そうに志優を見上げてくる。こちらの言葉がわかるかのような利発そうな目をしていた。

「地上の醜さが嘘のようだ。この星空も……君の目も……」

志優はジープを止めると、黒豹の怪我に影響がないように、そっと自分に抱き寄せた。

優しくて甘い香り。薔薇のような匂いがする。

豹からこんな香りがすることがあっただろうか。幼いとき、野生動物保護地区で接していた肉食獣から花の香りがすることはなかったと思うが。

不思議に思いながらも、この香りを嗅いでいるとホッとするので、深く考えるのはやめた。

「どんなときも平静の心を持て。ずっとそう自分に言い聞かせてきた。自分のやっていることが誰かのためになる、それでいいと思って」

それでも時々、虚しくなることがある。例えば、ブローカーの存在や密売の話を耳にすると。密売人やブローカーたちは、破格の金を手にして贅沢な暮らしをしている。ロンドンやドバイに別宅があり、家族はそちらに住んでいるという。コンゴでもそうだった。資源を巡って争いをくりかえしていた。

その陰で毎日、何千人という国民が爆撃や病気で亡くなり、何万という子供たちが飢餓に苦しみ、肺炎や麻疹《はしか》と言った予防・治療可能な病気で命を失くしている。

それなのに一部の金持ちが国を乱している。そのために、なぜわざわざ日本人が命がけでこんなところで援助活動をしなければならないのだろうか。

そんな思いにかられることがあるのだ。

「ぼくは……何のためにここにいるんだろうね」

弱気のままぼそりと話しかけると、黒豹が肉球のある前肢を志優の肩にかけ、ペロリと顎のあたりを舐めてくれた。

「わかるの？　ぼくの言葉……」

問いかけると、紫がかった眼差しでじっと志優を見たあと、身体を擦り寄せてきた。

彼なりに励ましてくれている。そんな気がした。

言葉はわからなくても、雰囲気でわかるのかもしれない。賢い黒豹だ。

「あたたかいね、君は。ありがとう」

志優はたまらない愛しさを感じ、ぎゅっと黒豹を抱きしめた。出会ったばかりなのに、どうしたのか、彼とは心が通じ合う気がして、一緒にいると元気になる。

そして他者への優しさや愛しさという感情が芽生えてくる。

「ダメだな、弱音は吐かないよ。ぼくはぼくなりに信じたことを貫くために医療活動をしている。少しでも人の役に立ちたい、少しでも平和な社会のために。だから信じて歩いて行くよ。周りがどうであっても」

独り言のようにつぶやき、志優は車を発進させた。

豹の親子を発見した遺跡の近くまで行くと、スカラベの谷があった。

そこに母親豹の死骸を置き、埋葬するつもりだった。

稀少なアラビア豹だというのはわかっているが、今、内戦状態のこの国ではきちんとした動物学者が種の保存のための研究対象として利用することはない。たとえ死骸であっても、毛皮を高く売ったり、剥製《はくせい》にすることを考えているブローカーの手に渡すわけにはいかない。

まして生きた黒豹がここにいるとわかるとどんなことになるか。

「お母さんをきっちり埋葬しよう」

黒豹に話しかけ、簡単な防腐処理を施して置いた死骸を砂漠に運んでいく。

スカラベの谷。スカラベは古代エジプトで死と再生を司るとして崇拝されていた。

すべてのスカラベが屍肉《しにく》を食べるわけではない。

カビやキノコといった菌類を食べるもの、排泄物を食べるもの、あらゆる腐った有機物を食べるものなど、多様な種類が存在する。その中でここにいるのは腐肉食の種類らしい。

幼いとき、両親が教えてくれた動物たちの埋葬方法。生きているものが死者を糧《かて》に命を繋いでいく。かわいそうなのではなく、そうして生命が繋がれていくのだと。

スカラベの谷に、そっと母親豹の死骸を置く。サーっと青緑に煌めくスカラベが母親を包みこみ、夜の闇の中で恐ろしいほど美しく輝いていた。

「君のお母さんは、この大地の糧になるんだよ」

黒豹を抱きしめ、額を撫でながら囁《ささや》く。伝わっているのかどうかわからないが、それでも心の奥の方の気持ちが伝わったのか、黒豹は穏やかな表情でその埋葬風景を眺めていた。

心が澄み切ったおだやかな気持ちになる。

スカラベの光がきらきらと点滅するなか、風がやわらぎ、やがて怖いくらい静かになった夜空に星がひとつ瞬《またた》き、またひとつ浮かんでは煌めく満天の星空。

その星の点滅が失われた彼の母親の魂のように思えてくる。

母親の面影を求めるように黒豹が夜空を見あげていた。

「君はお母さんの分も生きていこうね」

肩に手をかけると、ゴロゴロと喉を鳴らし、身体を丸めて黒豹が擦り寄ってくる。

警戒心のない肉食獣の子供。このままにしておくことはできない。どこかで生きていけるようにしなければ。

そう思うものの、志優はたった一日一緒にいただけでとてつもない愛しさを感じるようになり、自分が手放せなくなりそうで怖くなっていた。

そんな志優の肩に前肢をかけ、黒豹がほおをペロリと舐める。

「え……っ」

見下ろすと、甘い薔薇の香りが鼻腔をつき、黒豹が志優にしがみついて耳元やほお、首筋を愛おしげに舐めてくる。

「くすぐったいよ、どうしたんだ……突然……。もしかしてぼくを肉親か何かと勘違いしているかもしれないけど……ずっと一緒にはいられないんだよ」

志優がそう囁くと、やはり言葉がわかったのか、黒豹は突然冷めた表情になった。

「傷が良くなったら、ううん、一刻も早く君を手放さないといけないんだ。ぼくはただ医師として君を助けただけで、家族とは違うから」

その言葉を理解したのか、すっと黒豹は志優から離れた。彼の目が少し攻めるように自分を見ている気がして、志優は切ない気持ちを口にした。

「すまない。だけど側に置いておくわけにはいかないんだ。今だって、どうやって君と過ごせばいいのかわからなくて」

そう告げると、黒豹はため息をついた。やはり人間の言葉がわかるらしい。

「だから……」

言いかけたとき、胸ポケットのなかの携帯電話が鳴った。緊急事態だろうか、と思って着信を見ると、志優が所属するＮＧＯの日本の代表からだった。

『森下くん、今、どこにいるんだ。早く病院にもどりなさい。君が野生動物の密売をしていたとして騒ぎになっているそうだぞ』

「…密売……まさか」

『隣国の大使館から連絡があったんだ。君の逮捕状が出ていると』

その言葉に、志優は息を呑んだ。

この国に大使館はない。あたり一帯の紛争地にいる日本人のことは隣国の大使館が統括しているのだが、逮捕状だなんて。

「なにかの間違いです。密売なんてしていません」

『それなら、とにかく早く病院に戻って。誤解が解けるよう、大使館に連絡をしておくので』

「わかりました」

どうしよう。この黒豹のことを誰かが気づいたのだろうか。それとも死骸のことを。

（ぼくのことを逮捕しようと……しているのだとしたら）

この黒豹のことが欲しいからだ。将軍の支配下に置くか、密売人に売るかはわからないが。あるいは伝承の黒豹か否かを確かめるからかもしれない。

それでいいのか。この黒豹を将軍に渡して。野生に生きていたのに、自分が拾ったばかりに。まだ生後半年ほど。家族を失い、傷つき、死にかけていた。

てっきりテロに巻き込まれたと思っていたが、あの傷は密売人に狙われたものなのだろうか。母親豹は、それに抵抗して、誤って殺されたという可能性もある。

(逃がそう、この仔を。守らなければ)

とっさに車を発進させ、昨日、テロで火災のあった場所にむかった。

このすぐ近くだった。あの場所に廃屋がいくつか残っていたのを思いだしたからだ。住民は、全員、難民キャンプに移ったという連絡があった。だとしたら、あそこには誰もいないはずだ。人のいないところは、軍隊も国民軍も攻撃を加えないし、略奪されるほどのものは残っていなかった。

志優は昨夜の現場に行くと、焼け残っていた廃屋の一つに黒豹を入れた。少しの間の食事と水を置いて。

「ここで待っていてくれ」

心細そうにこちらを見ている黒豹の眼差しに、胸が痛む。賢い彼のことだ。閉じこめられ、見捨てられたと勘違いしてしまう可能性がある。

「必ず助けにくるから。だから静かにしておいてくれ」

あとで助けにくるつもりではあったが、万が一、こられなかったときのことを考え、黒豹が力を入れてぶつかればドアが外れるように、ドアの留め金を外しておいた。

一応鍵はかけたが、ゆるめにしておいたので、力を加えなくても時間の経過とともにドアが外れるように。

（こうしておけば、半日は開かない。その間に探索されないようにして……）

そうして本部に戻って、死んだ豹を埋葬しただけ、感染症の恐れがあったので、見つけたのは死骸だけだったと説明すれば、よもや逮捕されることはないだろう。

黒豹を隠した証拠もなにもないのだから。

そう思って本部に戻ったが、しかし志優はその場で逮捕されてしまった。

2

太陽の光が届かない地下の独房で、志優は床にぐったりと倒れていた。

逮捕され、どのくらいの時間が過ぎただろう。もう十日くらいは経った気がする。

黒豹は無事だろうか。あそこにおいてきた食べ物は一週間分くらいしかない。水はもう少しあったかもしれないが。

（こんなことも考えて……逃げられるようには……しておいたけど）

志優は横たわったまま、高熱にうなされていた。

あのあとで日本人医師が野生動物を勝手に埋葬したという、検問所のハイレからの密告で志優は逮捕されてしまった。

それからずっと将軍の部下に尋問を受けている。

彼らの目的は死んでしまった豹ではない。その豹が一緒にいたはずの黒豹の行方である。殴る蹴るを加えられて、水をかけられ、時には水のなかに顔を突っこまれ、黒豹の行方を言えと言われたが、なにを訊《き》かれても、知らない、黒豹など見たことはないと言い続けた。

兵士たちのなかには、志優を犯そうとする者もいたが、熱が出てきたので、なにかの感染症にかかったのではないかと恐れられ、それからは独房に放置されたままになっていた。

このあと、自分はどうなってしまうのか。この国では圧倒的に医師の数が足りないので、殺されることはないと思うが。

とにかく冷静になろう。冷静になり、今のこの状態をやり過ごそうと思っていた。この熱の様子だと、感染症というよりは、単なる疲れ、免疫力が低下しただけのことだろうと思う。

「……っ」

もうろうとしている最中に、独房のドアが開いた。現れたのは、日本人だった。

「こんなところにいたのか。危機一髪だったたな」

日本人医師と本部の代表がそこに立っていた。

「……っ」

「クーデターが起き、国民軍が将軍を捕らえた。政権が変わる」

「では……ぼくは」

「よかったな、釈放だ」

「黒豹が……あれから捕獲されたというようなことは」

「さあ。そんな話は聞いていない。クーデターでそれどころではなかったようだったからな。まあ、釈放されたんだ、黒豹のことはもういいじゃないか」

日本人医師がポンと肩を叩いてくる。

ホッとして気が緩みそうになったとたん、そのまま意識を失いそうになったが、黒豹のことが気になり、志優はハッとした。

「そうだ……行かなければ」

とっさに志優は外に飛び出した。待ちなさいと言う日本人医師たちに「あとで説明しますから」とだけ伝えて、熱が出ていることも忘れ、車を飛ばして。

幸いにも夜だったので、いきなり外に出ても目を痛めることはなかった。

そうして黒豹を隠した廃屋へと向かったのだが、建物は崩れかかった状態で、そこに彼の姿はなかった。

「……っ」

ドアが壊れている。無事に逃げてくれたのだろうか。

志優が置いていった食べ物も水もなくなっているが、彼が食べてくれたのか。それとも他の野生動物が食べてしまったのか。

周りの建物が焼けて崩れてしまっているため、砂漠からの風が直接入りこんでくるのか、建物のなかにはすでに砂が溜まっていた。

(彼は……どこに行ったのだろう)

空を見あげると、半分ほどに欠けた月がのぼっている。

砂漠の向こう——砂塵で視界があまり良くないが、豹の親子を拾った遺跡の姿がうっすらと見える。あそこに逃げ戻ったのだろうか。

(どうか無事で。どうか元気で)

風が激しくなり、さらに視界が悪くなっていくなか、祈るような気持ちで遺跡を見ているうちに、ガクッと膝から崩れるように志優はその場に倒れこみそうになった。

とにかく彼はもうここにはいない。黒豹が捕獲されたという話がなかったということは、彼は無事だと考えていいのだろうか。それにクーデターが起きて将軍が捕らえられたのなら、もう彼が狙われる心配はないということなのか。

そんなことを考えながら、志優はふらふらとした足取りで車に戻った。

それから一年が過ぎた。

あの黒豹がどうなったのかはわからない。探しにいくこともできなかった。

というのも、あのあと問題を起こした医師として、しばらく本部からの医療派遣という形で別の場所への異動が命じられ、つい半月ほど前まで、隣国の施設にいたからだ。

致死率の高い感染症がパンデミックを起こしていたため、終息するまではそこから出ることができなかった。

同僚の医師や看護師までもが感染し、次々と命を落としていくような現場だったが、志優は何とか感染することもなく、先日、元の医療施設へと戻ってくることができた。

(それにしても、一年でよくここまで変わったものだ)

クーデターのあと、内戦が一段落したため、政権は安定しつつある。

赤茶けた屋根瓦におおわれた家が次々と建ちはじめ、本部のあった場所の仮設テントも取り払われ、そこに病院が建てられていた。

志優の仕事も内戦の負傷者の治療から国家の保険医療の普及というものに変化していった。

日本の支援団体から届いたワクチンを持ち、あちこちの難民キャンプを訪れ、内戦後、立ち直ろうとしている人々の公衆衛生の仕事に追われる毎日。

国家は、今、新たな建設の音ににぎわいを示していた。

緻密《ちみつ》な模様の紺と緑のタイルで作られた家々。月桂樹の生け垣、柘榴《ざくろ》や棗椰子《なつめやし》の木々……レモンの木や薔薇の鉢植えで飾られ、街の広場ごとにある泉水が水をきらめかせ、天人花《てんにんか》の生け垣からは甘い芳香が漂っている。

荒廃しきっていたような街がここまですぐに復興できるようになったのは、蔓延していた疫病が嘘のように終息したからで、罹患していた人々は少しずつ健康をとりもどしていっている。内戦中に捕らえられていた反対勢力の人々も解放され、今では元の生活にもどって国の再建に尽力していた。

少しずつ平和に包まれ、日を追うごとに、それまで荒廃していた人々の心が明るくおだやかになっていくのが伝わってくる。

「もうあと一カ月ほどでこの国の任務も終わるな。私はこのあとしばらく日本の医科大学で講義をしながら、国際空港の検疫での勤務が決まっているが、森下先生は？」

本部にいる日本人医師が問いかけてくる。

「ぼくはまだ帰国後のことはなにも」

支援団体の日本支部からは、今月いっぱいでこの国から撤退するので落ち着いたらもどってくるようにと命令がきているが、その後の志優のことに関しては何の指示もなされていない。

「森下先生ほどのキャリアの持ち主なら、空港か港湾の検疫、あるいは医科大学から誘いがくると思うけど」

普通ならそうだろう。

こうした支援団体から派遣されている医師は、しばらく国外の支援地に勤務したあと、少しの間、日本にもどり、新たな医療政策の意見交換をしたり、大学で講義をしたり、検疫で経験してきたことを生かす勤務につくケースが多い。

だが志優の場合は違う。国内では雇ってくれる場所がないのだ。そのため、いったんここを離れたあと、日本にもどってもまともに働ける場所はない。

もう一度、一から海外派遣の希望を出し、医療支援の必要な場所に派遣してもらうことしかできないのだ。

いっそ自分で支援組織を立ち上げることができればいいのだが、医療ミスを犯した経歴のある医師に支援企業はつかないし、仲間を求めることもできない。

志優が返事をしないままでいると、日本人医師は苦笑をしながら問いかけてきた。

「そうか、志優先生の場合は……ちょっと特殊だったたね。世間を騒がせたからね。でもその白河医大の医療ミス事件……志優先生は冤罪《えんざい》だという噂も耳にするけど、実際のところはどうなんだい？」

どうなんだい――と訊かれ、「ええ、実は冤罪でした」というのは簡単だ。

だが今更それを口にしてどうなるのか。

ここにいる日本人医師がそれを知ったところでなにかが変わるわけではない。

実際に医療ミスを起こした医師は、今は日本医師会の重鎮となっているし、多くの製薬会社やスポンサーが背後に控えている。

それに志優に対してどこか後ろめたい気持ちがあるのかわからないが、志優が所属している支援団体に、製薬会社を通じて大量のワクチンや医療器具を寄付してくれている。それが口止め料だと言わんばかりに。

(支援物資が届けられるのはありがたいことだ。そのことには感謝している)

そのおかげで、隣国でのパンデミックの現場にも、随時、ワクチンや医療器具が届けてもらえるようにできて大いに助かった。開発されたばかりの新薬を特効薬として使うこともでき、おかげで思っていた以上に早く終息できたのだから。

(そのために、冤罪に目を瞑《つぶ》れということなんだろうけど)

いい、それで必要なものが手に入るなら、と今ではもう割り切り、別に脅しているわけではないが、必要なものがあると連絡を入れ、送ってもらうようにしている。

ただし、それもこの本部にいる間だけということのようだが。

「志優先生、お待ちかねのものが空港に届いたようですよ」

「わかりました、ありがとうございます」

噂をすれば影というわけではないが、日本からの支援物資が空港に届いたと連絡を受け、志優は日本人医師との話もそこそこに空港へと向かう準備を始めた。

更衣室で着替えていると、隣の女子の更衣室から看護師たちの噂話が聞こえてきた。志優のことを話しているらしい。

「あの医師、一年間、姿を見ないと思ったら、隣国でパンデミックの現場にいたそうね。前から細かったけど、ずいぶん痩せて……。過酷な現場だったようね」

「仕方ないわ。彼、密売に関わっていたんだから」

密売に関わっていた？

志優は動きを止め、耳をそばだてた。

「黒豹を密売業者に売ろうとして、将軍に捕まったみたいよ。兵士たちに身体を提供して処刑を免れたとかという噂もあるわ。だからここに置いておくわけにはいかなくて、隣国に派遣したって話のようだけど」

「綺麗だからね、男にしておくのがもったいないほど。でもひどい話ね、密売に関わっていたなんて。そうやって私欲に走る外国人がたくさんいるから、この国が貧しいままなのよ」

ひどい。密売になんて関わっていないのに。

弁明をしたかったが、女子更衣室にいきなり飛びこむわけにもいかないし、とにかく急いで物資を取りに行かないと空港で盗まれる可能性があるので、志優はそのまま駐車場に向かった。

おそらくこれが最後の支援ということになるだろう。月末には、この国を出なければならないのだから。

それもあり、密売の噂や兵士に身体をどうのという話も、いちいち弁明しなくてももういいという気持ちになってくる。

自分の噂などよりも、今やらなければならないのは、月末までの間にどれだけのワクチンを打ち、どれだけの子供を助けられるかということだ。

（あとは……あの黒豹……。せめて帰国前にどうなっているか知りたかったが）

この一年、隣国にいたので探すことができなかった。だが忘れたことはない。

あのとき、逮捕され、拘束されていたのは、自分では十日ほどだと思いこんでいたが、実際は一週間にも満たない時間だったらしい。

その後、検問所のハイレや彼とつながっていたブローカーたちがどうなったのか、行方はわからない。

今でも野生動物や遺跡から見つかる古代の財宝の密売を行っているという噂は絶えないが、本部からは、そのあたりのことに一切触れるなと厳しく言われている。

あの事件のときは、日本大使館の尽力もあり、志優はかろうじて助かったようだが、国際問題になるので二度と同じようなことはするなと。

（だが、もう今更どうこうしようとすることはないだろう。あと少しで帰国なんだから）

病院のある街から車で二時間ほど。

新しくできた空港には、クーデター前にはいなかった米軍の軍用機やヘリ、装甲車が並んでいる。つい一年前にはなかった光景だった。

銃を手にした迷彩服の米軍の兵士の検問を受け、ＩＤカードを見せて日本から支援物資の入った箱を受けとる。

（あとわずか。ぼくになにができるだろう）

政権が安定したあとは、負傷者の治療という仕事ではなく、子供を中心に、国民の栄養不良率や生存に関わる医療をどうするかという課題が突きつけられる。

そのため、水、食料、栄養、保険医療、衛生事業の充実をはからなければならない。

せめてそこまで関わりたかったが、一カ月では無理か……と思いながら、空港で受け取った箱を大きめのボストンバッグに詰めて駐車場に戻ったときだった。

突然、物陰から現れた数人の男に銃を突きつけられた。

「騒ぐなっ！」

ドンと、ぶつかられたかと思うと、催涙《さいるい》ガスをかけられ、志優はその場に倒れこんでしまった。目が痛い。焼けつくように。

「う……っ」

そのとき、すっと肩からかけていたボストンバッグをするりと奪われてしまった。

「待て、それは」

大事な支援物資だ。しかし催涙ガスのせいで目が見えず、追うことができない。喉の奥がひりひりと干上がったようになって呼吸ができない。

何度も息を吸おうと試みたが、なぜか首の付け根を強く締め付けられたような圧迫感に襲われて酸素を吸いこめない。

指や足先が急速に冷たくなって痺れ、そのままずーっと地の底に引きずり落とされるような錯覚に襲われていた。

なんとか倒れるまいと闇雲に手を伸ばした志優の背を誰かが支えた。

「しっかりしろ」

「っ……」

「大丈夫、取り返してこよう。ここに座って待ってろ」

志優を石の階段のような場所に座らせ、男が去っていく。

聞いたことのない声だった。いや、どこかで聞いたような声かもしれない。だがそれを冷静に判断している余裕はない。ポケットからハンカチを出し、目を押さえる。早く目を洗わないと。ずきずきと頭蓋内に疼痛が広がっていく。

手をついて立ちあがると、男がもどってきて、志優に注意する。

「立ち上がったらダメじゃないか。見えていないのに危険だ」

「だけど……」

「大丈夫。取り返してきた。もう二度とこういうことはしないはずだ」

「えっ、もう？」

「ああ」

「あの……あなたは」

「ただの地元民だ。海外から医療支援にきてくれている外国人に敬意を抱いているだけの」

「そう……ありがとうございます」

「じゃあ、送っていこう」

　男から漂う甘い匂いが鼻腔に流れこんできた。

「……これは……この匂いは……」

　あの黒豹と同じ香りのような気がする。だが催涙ガスのせいで、目元やこめかみに疼いたような痛みが奔《はし》り、喉のあたりが苦しくて冷静に判断することができない。

「う……っ」

「しっかりしろ。すぐに洗えば、数時間もすれば視力はもどるはずだ。今、綺麗な水のあるところに連れていく。車は俺が運転しよう」

「でも」

「いいから」

男がぐらついた志優の身体を抱き上げる。

「待って」

「怪しいものではない。どうか信じて」

「あ……ありがとう」

ハンカチで目を押さえているせいか。相手がどんな人間なのかわからない。けれど、その声のする方向、自分を抱く腕の強さ、筋肉のしなやかな感触、胸の厚み、胸筋の張り、骨格の確かさから、相手がどんな筋肉や骨格をしているのかわかる。

身長は百八十センチ以上、年齢は二十歳前後、健康的な骨格、そして競泳選手のように鍛えられたしなやかな筋肉がほどよくついた、すらりとした体躯をしている——ということが瞬時にわかった。

男は志優を車に座らせると、運転を始めた。

信頼していいのかどうか。だが、今はどうすることもできない。感謝の気持ちを抱きながらも警戒心を解けないままでいると、男がそのことに気づいて話しかけてきた。

「信頼して欲しい。といっても、この国で初対面の相手にそれは無理か」

「あ、いえ……そんなことないです」

「ずいぶん語学が達者なようだが、この国には……もう長くいるのか」

「いえ、語学は子供のときに少し。ここには一年前に少しいて。そのあとちょっと別のところにいて、また半月前に戻ってきたんです」

「別のところ？　日本に帰国でも？」

「なら、いいんですが、ちょっと別の国に。日本には月末に帰国します」

「月末？　一カ月以内ということか。だけどどうして」

「もうこちらでの仕事が終了するからです」

志優の言葉に、男は小さく息をついた。

「そう……それは残念だ。さあ、着いた」

男は市街地に車を停めた。空港の近くにある街のようだ。

「ここで目を洗って」

男は泉らしき場所まで志優を案内した。目を洗うと、少し視界がもどってくるが、まだぼんやりしている。うっすらと白い膜がかかったような視界のなか、隣に立った男を見上げる。

「ありがとうございます、助かりました」

はっきりとは見えないが、抱き上げられたときの印象通りの長身の若い男性だった。褐色気味の肌に白いアラブ服を纏《まと》っているのはわかる。

「見えるようには？」

「うっすらと。まだ輪郭ははっきりしませんが」

「では、治るまで、ここで休んでいけばいい」

「ここ?」

黒とブルーのタイルらしきもので飾られたパティオだというのは何となくわかる。薔薇やカーネーション、天人花の紅紫の花。糸杉、泉……と行った典型的なイスラム風のパティオ付きの住宅にいるようだ。

ぼんやりとしか見えなくても、何となくそれは把握できた。

「ここは俺が一時的に借りている屋敷だ。目が見えるようになるまでここで」

「いや、それは……」

「あなたに危害を加えるつもりはない。ただ、異国の地で医療活動をされている人間をもてなしたいだけだ」

「ですが」

「こちらの好意を素直に受け入れて欲しい」

男は志優の前に跪《ひざまず》き、そっと手に口づけしてきた。

彼から揺らぎでてくる甘い香りに頭の芯がくらくらとしてくる。ふわりとたゆたってくる芳香が麻薬のように全身に浸透していく。あの黒豹のような香り。

「あの……」

黒豹を知ってるのか——と問いかけるのもおかしな気がしたのでやめた。

「今、お茶を淹《い》れさせるので」

彼がそう言うと、使用人らしき者が現れ、ミントの香りのするあたたかなお茶を用意し始める。それはこの辺りでよく飲まれているミントティーだった。パティオに置かれた長椅子に座って一口味わうと、口内に爽《さわ》やかなミントの香りが広がり、身体の奥があたたまっていくのがわかる。

「おいしいです」

思わずそう呟いていた。

「これも食べてみないか。バクラバだ」

バクラバはくるみやピスタチオ、レーズンをパイ生地で挟んだ甘いお菓子である。

噛み締めたとたん、口内に広がる甘みと香ばしいナッツの味。サクサクとしたパイ生地のこんなにもおいしいお茶とお菓子は、日本を離れてから初めてのことかもしれない。

「これもおいしいです。こんなにおいしいものは……」

思わず顔をほころばせてしまった。あまりにおいしくて驚いたからだった。

「案外子供っぽいんだな。クールな性格の医師かと思ったら」

「すみません、つい。あまりにおいしくて」

「でも日本にはもっとおいしいものがあるんじゃないのか」

「かもしれませんが、こうしたお菓子を食べたことがなくて」

これまでゆったりとくつろいでお茶を飲むような、そんな時間を経験したことはない。

野生動物保護区にいたときはもちろんだが、帰国したあと、母が心の病になったこともあり、一緒にお茶やお菓子を食べるようなことはなかった。

甘くて心までふわっとしてきそうなおいしいお菓子。もしかすると、こういう些細なことでよかったのではないだろうか、と、今、ここにきてふと思った。

毎日、笑顔で楽しそうに話しかけると、母も元気になるのではないかと思って、精一杯、話しかけて、結果的に『あなたは元気でいいわね』と逆に落ちこませた。学校でイジメにあっているのに、無理に笑おうとしていたのが、母にはいびつに見えたのかもしれない。

それよりも、おいしいケーキの一つ、おいしいお茶の一杯でよかったのではないだろうか。

けれどもう自分はなにも母に用意してあげることはできない。

「どうした、口に合わなかったか」

うつむいた志優に男が問いかけてくる。

「あ、いえ、すみません。すごくおいしいです」

どこからともなく流れてくる風。そして聞こえてくる音楽。優しい花の香りやサラサラという水の音。だがここが穏やかであればあるほど、菓子がおいしければおいしいほど焦燥感《しょうそうかん》が志優の胸に募っていく。あと一カ月以内で、どれだけの子供にワクチンを打てるのか、どれだけの公衆衛生に協力できるのか。

「ごちそうさま。もうもどらないと……荷物を届けなければ」

「もうすぐ見えるようになるだろう、あと数時間で」

「ええ、わかってます。でも気が早ってしまって。手に入れた物資を一刻も早く使用したくて。子供にワクチンを打たないと。自分だけおいしいものを食べて、ゆったりしていると罪悪感を抱いてしまって」

志優の言葉に男がふっと微笑するのが空気の振動から伝わってきた。

「わかった。では、俺が運転していこう。あなたと車と物資を届ければそれでいいのだろう?」

「でも、それでは、あなたの帰りが」

「医療支援の病院なら、ここからそう遠くない。後ろから使用人について来させる」

「そんなことまでして頂いては」

「その代わり、一つ、願いを叶えて欲しい」

「願い?」

問いかけると、男は志優の手をとり、静かに言った。

「俺のものになって欲しい」

「え……」

彼のもの? その言葉の意味がすぐにはわからなかったが、しばらくして察した。

「――行こうか」

男は車のエンジンをかけた。ここから二時間くらいでつくという。

「すみません」

それは、結果的にこの旅の運転を頼むことになってしまったことと、そして彼の甘い申し出を受けいれられなかったことへの謝罪だった。

「気にしなくていい」

彼のものになる――その願いへの返事はノーだった。しばらく硬直したあと、志優は首を左右に振ったのだ。

『月末に帰国します。ですから、無理です』

真摯《しんし》にそう答えると、男はおかしそうに笑った。

『その間だけでも？』

『はい、その間、できるだけ仕事をしておきたいのです。ここにはプライベートできているわけではないので、一分一秒を大切に……眠る時間だって惜しいくらいで』

そう答えた志優に男は可笑しそうに笑った。

『そんなに真摯に取らなくてもいいものを。まあ、いい。その思いに敬意を払って病院まで送ろう。遠慮せずに』

そうして志優は病院まで送ってもらうことになったのだ。

彼の使用人が自動車の構造についても心得ていて、整備をしてくれたあと、食料や飲み物、タンクに補給されたガソリン、毛布、工具類、さらには追加の物資まで用意してくれた。

「何と礼を言っていいか」

「そんな必要はない。場所はわかっている。シートを倒して眠っていてくれ。現場に到着したら、また医療活動で眠る暇もないだろう」

「また？」

「そんな気がした。さあ」

その言葉に甘えることにした。

実は、このところまともに眠っていない。車が走り出したとたん、ふいに眠気が襲ってきた。

そういえば、互いに名乗っていなかった。目を覚ましたら訊こう。

そんなふうに思っているうちに、志優はこの状況も忘れたように爆睡していた。日本を離れてからこんなに眠ったことはないというほど。

「先生、先生、起きて」

隣から聞こえてきた声にハッと目覚めると、本部のあるエリアまでやってきていた。

日が暮れたため、あたりは真っ暗で、隣にいる男の顔ははっきり見えないが、遠くに検問所の明かりが見えるということは視力がかなりもどっているということだろう。

「ではここで俺は失礼を。あとは自分で」

「ここでって、でもどうやってもどるんですか…」

　街灯も何もない。かろうじて存在するのは、上空の月だけ。

　しかもうっすらと雲がかかっていて砂漠の風が砂を舞い上げてぼやけているため、明かりの代わりにはならない。だから彼の顔がおぼろげにしか見えない。

　車のライトは以前に電球を盗まれたせいで壊れているし、後ろの席から懐中電灯を探すだけの余裕もない。こんな場所に彼を置いていくことなんてできない。

「大丈夫。使用人の車が少し後ろからついてきている。さっきメールで場所の確認をした。渋滞に巻き込まれたらしい。二十分後くらいに着くらしい」

「すみません、なにもかも。では、使用人の車がくるまでここで」

「ここで？」

「あ、いえ、時間を潰していかれては」

「一分一秒を惜しんでいるのでは？」

「でも……こんなところに放り出すわけには。ここは内戦の激しかった地域で、まだ空港の近くよりも治安がよくありませんし」

「ここで……先生となにをして時間を？」

　確かに、改めて問われたら困る。ここでおしゃべりをしようというのも変だ。

「あ……では、名前を。この国でなにをされている方ですか」

「そんなことはどうでもいいだろう。それよりも……」

問いかけた志優の肩に手をかけ、男はこめかみに唇を落としてきた。

「待って……」

突然のことにわけがわからず、志優はとっさに助手席のドアに手を伸ばした。しかしその手首を掴まれ、ぐいっとシートを倒される。

「ま……っ」

のしかかってきた男に突然くちづけされ、唇をこじ開けられる。

「……んっ……ん……ふっ……」

舌が思うように動かない。歯で軽く唇を甘噛みされたかと思うと、痺れたように唇がじんじんとしてくる。息苦しさに喘《あえ》いだそのとき、ふいに口内に挿《はい》りこんできた男の舌先がなにかを潰すのがわかった。ぷちゅっと絡まった舌の間でゼリーのようなものが弾ける。

「な……っ」

バクラバにかかったシロップのように甘く、それでいてほんのりと甘やかな睡蓮の花のような濃厚で妖しい香りがそこから口内に広がる。

本能的な恐怖を感じ、とっさに吐き出そうとした。けれど肩を強い力で押さえつけられ、さらには大きな掌に顎を掴まれて抵抗できず、そのまま喉の奥に流しこまれる。

それが胃の奥に落ちたとたん、急にじわっと全身が熱くなった。

「ん……っ……なっ」

なにを飲まされたのか、頭の芯がぼんやりとして、強い酒に酔ったみたいになっている。唇が離れ、志優は我に返ったように男の肩を押しあげようとした。

「待って……どうして突然……ん……っ」

「欲しいと言っただろう」

「だけど」

「今日は様子見のつもりだったが、気が変わった。欲しい、だから俺のものにした」

「え……っ」

「いや、まだ半分だけだが」

意味がわからない。けれど身体から力が抜け、甘い震えに全身がゾクゾクして恐ろしいほど下腹のあたりが疼いてくる。

「く……っ……まさか催淫《さいいん》効果のあるなにかを……」

問いかけると、少しずつ甦ってきた視界のむこうで男がふっと艶やかに微笑する。見れば、恐ろしいほど美しい男だった。

黒い眸、褐色の肌、それに癖のない艶やかな、さらりとした黒髪。

怜悧《れいり》さと端整さをにじませた風貌は、どこかの王侯貴族のような上品さも漂わせている。

ずっと内戦をしていたこの国にこのような男がいたなんて。

「さすが医者、よく気づいたな。だが、そういう情緒のない言い方は好きではない。それは俺のツガイになる者に……徴《しるし》として飲ませる媚薬だ。それを飲んだ者は、俺以外に感じなくなる。いや、正しくは俺だけに発情するようになる」

「え……」

驚いた志優をじっと見下ろし、男は妖艶な笑みを浮かべた。

「俺といると発情するんだよ、欲しくて欲しくて仕方がなく」

かすれたような、息がこもったようなその低い声に、なぜか背筋がぞくりとした。

「え……」

「上からは全身を蕩《とろ》かせる媚薬、下からはオスを受け入れ、喜ばせるための媚薬。その二つを体内に溶かせ、初めて俺のつがいになるわけだが、月末までは仕事を優先したいというおまえの志《こころざし》の高さに免じ、今夜は上からだけにしておこう」

「月末……」

「そう、おまえがここでの仕事をまっとうできるよう、意思を尊重してやると言っているのだ」

尊大に言い放つ男に、志優はあわてて首を左右に振った。

「なにを言っているのか意味がわかりません……媚薬だなんて……発情だなんて」

そう抵抗している間にも、身体の奥がどんどん疼いてきてどうしようもなくなってきているのがわかる。目で舐めるように見つめられているだけで、皮膚の下がざわつき、下肢が熱くなっていくのがはっきりとした感覚となって伝わってきていた。

「なにを今さら……上品ぶっている。誰とでも寝る医師のくせに」

「え……っ」

誰とでも寝る？　どうしてそんなことに。

「待って……どうして……っ」

「先生のことなら、前から知っている。一見、高潔な医師のようでありながら、実際は最低の男だってこと。変人で好きものとして、有名だからな」

「……っ……最低……。確かに医師として未熟だが、変人で好きものって……どうして……ぼくが？」

「そうだ。変人だろ？　レイプされてもいいと言ってコンドームを配るようなやつなんて他に聞いたことはない。他の女を犯すよりも自分を犯してくれと申し出た美貌の日本人男性医師として、あんたはけっこう有名なんだよ」

「……っ」

あのときのことだ。この国に来たばかりのころの。

「違うのか」

「……そう言いました……確かに」

間違ってはいない。たまたま病気の人間が出たので未遂に終わったが、もしそうでなかったら、確かにそういう行為を受け入れていただろう。

「他にもいろいろと知っている。黒豹の仔を将軍の部下に密売するために捕らえて閉じこめ、その間に兵士たちと肉欲に走っていたが、日本大使館の力で自分だけ逃げたという話も」

「ひど……そんな……ちが……」

違う、そうではない。でも……それも確かに表面的には間違っていない。黒豹の仔を閉じこめた事実に違いはない。

肉欲には走っていないが、兵士たちから尋問のための拷問を受け、犯される寸前までには至ったが、高熱が出てきたので、そのときも未遂に終わった。

そして最終的に日本の大使館の力で運よく助けられた。

「全部……間違ってはいないけど……ただ……」

それには理由が……と言いかけたそのとき、身体の奥にぎゅっと絞られるようなむず痒《がゆ》い疼きが走り、志優はたまらず顔を歪め、男の腕をにぎりしめた。

「ん……ふ……っ」

「だから好きなものをくれてやるよ、男が欲しくて欲しくて仕方がないんだろ」

「……っ」

シャツをたくしあげられ、いきなり乳首を舌で嬲《なぶ》られる。そっとつつかれただけで胸の粒がぷっくりと膨らみ、たまらなくなって志優は首を左右に振って息を吐いた。

「ああ……っん……っ」

乳首に刺激を加えられれば加えられるほど、連動したように下肢のあたりにじんじんとした快感が広がってくる。志優のズボンの下のものが怪しく形を変え始めていた。

「乳首……蓮の実の色と同じだ。遊んでいるわりに……綺麗な色をしている」

白い胸の皮膚を手のひらで集め、その先のぷっくりと尖った乳首を男が舌先で捏《こ》ねまわしていく。それだけで気持ちよくなってしまうのは、さっきの媚薬のせいだろう。全身がしっとりと汗ばみ、胸や腰から加えられる刺激に、全身がひくひくと震えてしまう。

いつしかズボンのファスナーのなかに男の手が忍び込んできている。先走りでぐしょぐしょになっている性器を握りしめ、ふっと男が口を歪めて嗤《わら》う。

「ここもうオアシスのようだな」

「ちが……それは……さっきの……媚薬のせいで……あっ……やあ……っ」

必死に彼の肩を突っぱねようとしたが、力が入らない。熱い滴りが陰嚢を伝い、さらに引力に負けて奥へと流れ、いつしか腿《もも》のあたりがしたたかに湿っていた。

どんなときも平静な心を持て――という言葉を思い出し、必死に自分に言い聞かせるのだが、志優の肉体はすっかり媚薬に支配されたかのように、快楽に溺れそうになっている。

どうしよう、噂のせいで淫乱な好きものと勘違いされているが、本当はキスさえしたことがない。

最悪の場合、犯されても仕方ないと覚悟してこの国にやってきたものの、奇妙な魔術を使う東洋の呪術師と勘違いされて以来、そういうことはなかった。日本にいたときも他人と打ち解けられる性格をしていなかったこともあり、三十路《みそじ》にもなって、志優はキスもなにもかも初めてだった。

見た目のせいもあり、同性の痴漢にあったこともあるが、ちょっと触られたことがあるくらいで、こんなふうにじかに性的な刺激を与えられるのは初めてなのだ。

懸命に動きをとめようとするのだが、薔薇の香りが甘く全身を痺れさせ、志優はどうすることもできない。

「あ……いや……ああっ」

射精感がつきあがり、たまらなくなったそのとき、男の指が後孔に挿りこんできていた。腰が跳ね上がりそうになる。

同性同士の性行為がどういうものかは知っている。そこを触診したとき、ある部分に触れると男の身体に多少の快楽が奔ってしまうことも。

けれど知識と現実は違っていた。なにより自分でもよく分からない媚薬を与えられているため、志優のそこは男の指を咥《くわ》えこんだとたん、たちまち妖しく蠢《うごめ》き始め、わななきながらその指を粘膜が引きずりこんでいきそうになっている。

「ああ、うっ……いや……ああっ。あっ、ああ」

男の指が二本に増え、たちまち深い愉悦がそこに湧いてくる。前の性器からもどくどくと露があふれて、ジープのシートはぬるぬるになっていた。

こんな快感は初めてだった。

自慰もほとんどしたことがなく、人間としてどこか不完全なのではないかと思うほど性的に淡白だった。誰かに恋愛感情を持ったこともなく、女性にときめいたこともない。それなのに、あの薬のせいなのか、全身が性感帯になったように乳首も性器も激しい快感に呑みこまれ、指で弄《いじ》られている後ろもぷっくりと充血したようになっているのが自分でわかる。

「すごいな、熱い……発情期のメスのようだ」

男はそう言うと、指をひきぬき、志優の腰をもちあげた。

「……んっ」

ほんの少しの摩擦熱、ささいな刺激でさえ、たまらない疼きとなって志優の全身をむず痒くさせる。その様子を黒い目でじっと見つめながら、男は低くこもったような声で囁いた。

「今からおまえにマーキングする」

「っう……ん……っ」

男が志優の細い腰を引きつけたとたん、後ろに熱いものを感じた。身をこわばらせた次の瞬間、ぐうっと体内に巨大な肉塊がめりこんできた。

「ああっ……っああっ」

苦しい。生まれて初めての行為に、たとえ媚薬で解《ほぐ》れていたとはいえ、志優は脳まで突き破られそうな痛みを感じてシートの上で大きくのけぞった。

「……っん……っ……っ」

息もできず、革のシートを指先できりきりと掻く。

「狭い……っ……何なんだ……この締め付けは……」

反発する肉の抵抗をねじ伏せるかのように男がさらに突きあげてくる。

「ああっ、あっ」

かすれた悲鳴が車内に響く。息で窓ガラスが曇り、男が腰を動かすたび、車体ごと揺れた。

「く……っん……っ」

こんな行為だったなんて。これまで頭ではわかっていたが、自分が本当の意味でどういうものなのかわかっていなかったことを痛感する。

前線ではなにが起きるか分からない。戦地での女性へのレイプは横行している。男性も多く襲われている。

そんな話を聞き、それでも自分は医療の現場で働きたいからという意志から、たとえそのようなことが起きても耐えようと覚悟はしていたが、頭で想像していたのとはまったく違う。

「すごいな……何人も男を咥えながら……この狭さ……とは」

「……っ……っ」

違う、男なんて咥えたことはない。キスもなにもかも初めてだ。と説明したところで、今さらこの行為が終わるわけではないだろう。

「ん……っ……っああ……くく……っ」

ぐいぐいと剛直で抉《えぐ》られるうちに、志優のそこは破瓜《はか》したかのように血を流しながらも、淫らにヒクつき始め、痛みとは違う快感を生じ始めていた。

媚薬のせいだろう。男が腰を揺するだけでじわじわと結合部が快楽に支配され、内側から自分が違うものになりそうで怖くてしょうがない。

「だめ……い……く……っ」

強く突かれるたびにもう自分で自分がどうなっているのか分からない。

出会ったばかりの見知らぬ男に、いきなり媚薬を使われ、信じられない深さまで性器を埋めこまれ、犯されている。名前も知らない。何者かも分からない男に。

それなのに肉体だけは甘美な快楽に溺れている。

こんな自分がいやだ。と思いながら、志優はいつものあの呪文を唱えていた。

こんなことは大したことではない。冷静になろう、落ち着こう。落ち着いてやり過ごそう。

そう言い聞かせていたそのとき、志優ははっとした。

窓硝子に映る影が人間の男ではなく、大型の肉食獣だったからだ。大柄なネコ科の肉食獣が下肢に喰らいつこうとしている。そんなシルエットになっていた。

「え……っ……」

幻覚？　催涙弾で視力が弱ったせいか、それともさっきの妖しい媚薬のせいなのか。わけがわからず呆然としていたが、彼に送りこまれる快感が冷静さを奪い、志優はただひたすら混乱していた。

そんなさなか、男からの重々しい突きあげが加速し、志優の身体はどうしようもなく甘く疼き、射精感が極まってきていた。

「ああ……っあああっ……っ」

衝きあがってくる甘苦しい欲望の波が止まらない。

たまらず、志優が弾けたそのとき、体内で男も欲望を吐きだすのがわかった。とくとく志優が精を吐きだすのと同じように、身体の内側に男の精液が浸透していく。

「ん……っ」

男はずるりと引き抜くと、志優を冷ややかに見下ろして嘲笑を浮かべた。

「滑稽だな。男に犯されてぐちゃぐちゃになっている姿は」

「……っ」

その冷たい言い草に、志優は顔をこわばらせた。

「実にいい気味だ。いや、まだまだか。崇高な医師の振りをしながら、私欲と快楽を貪るような、おまえにはこの程度の屈辱ではまだ足りない」

「な……どうして……」

どうしてそのようなことを口にしてくるのか。なぜ、いきなり初対面の相手からそのように蔑《さげす》まれなければならないのか。

志優はまだ身体に残る快楽と倦怠感に耐えながら、それでもきっぱりと返していた。

「こんなこと……こんなこと……犯罪行為だって……わかっているのですか。それとも外国人には……なにをしてもいいと思っているのですか」

「まさか。おまえだからしたんだよ」

「ぼく……だから？」

「そう、言っただろう、おまえにマーキングをすると。これでマーキングは済ませた。これから先、おまえの身体は俺以外、発情しなくなるだろう」

「えっ……どうして……」

「いずれ俺のハーレムに連れていく」

「ハーレム？」

わけがわからず、志優は眉をひそめた。

「そう、俺は、ここではないが、ある国の王だ」

王――――！

驚きと同時に納得する自分がいた。確かに、この優雅さ、この尊大さ、この自信に満ちた姿は、王、或いはそれに近い者以外の何者でもないような気がしていたからだ。

「待って……王がどうして……ぼくにこんなことを」

すると男は視線を絡め、これ以上ないほど濃艶な笑みを浮かべた。

「復讐だ」

「え……っ……復讐……って」

どこかの王に復讐をされるようなことをしただろうか。

難民キャンプのなかで、治療中に亡くなった誰かの縁者なのか。それとも。

「どうして……人違いでは。ぼくは……誰かにそんなことをされるような真似は」

「身に覚えがないというのか。俺ははっきりと覚えているのに」

「え……」

「胸に手を当てて考えろ」

「わかりません、教えてください、いつぼくがそんなことを」

「俺を見捨てたくせに」

男が低い声で冷たく言い放ったとき、後ろから近づいてくる車のライトがあった。

一瞬、テロか物盗りかと思ったが、彼の迎えらしい。

「では、また。近いうちにおまえを迎えにくる」

「待って……迎えって」

「俺のハーレムへ」

次の瞬間、男がさっとドアを開け、車の外に出る。勢いよく開いた反動でドアが閉まる。

「待って……見捨てたというのはいつ、どこで……」

問いかけようと身体を起こしたとき、志優はハッとした。

その影は、やはりネコ科の肉食獣のように見えたからだ。

志優は助手席から呆然と外を見た。ピタリと風が止み、上空から降り注いでくる明るい満月の光がその後ろ姿をあざやかに照らしだしている。

藍色の闇に覆われた砂漠。一台の車へと疾走していく影。

「あれは……っ」

刹那《せつな》、頭のなかで、一つの仮説が思い浮かぶ。そんなことはない、そんなことが現実にあるはずはないと思いながらも。

（まさか……彼は……あのときの）

だとすれば、復讐の言葉の意味も理解できる。もちろん、それ以前に、その仮説自体が夢のようなことなのだが。

しかし今、月明かりが浮かび上がらせているのは、一頭の漆黒の黒豹以外のなにものでもない。

見間違い？　いや、そんなはずはない。

確かに目の前でしなやかに砂漠を駆けていくのは大型のオスの黒豹だ。

高貴なまでに整った美しい本物の黒豹。

黒豹は一度も振り返ることなく、車に向かったかに見えた。しかし瞬きをした次の瞬間、砂漠から忽然と車も黒豹も姿を消していた。

「え……っ」

驚いて、志優は肉体の痛みも忘れ、思わず助手席の外に出た。

なにもいない。はるか彼方に岩山のシルエットが見え、海のように広々とした月の砂漠がそこに広がっているだけ。

また風が吹き始め、砂塵を舞いあげて、汗ばんでいた志優の皮膚の火照《ほて》りをさらっていく。

(今のは何だったのか)

夢だったのか、幻覚だったのかと思いたい。

一人で長い夢を見ていたのだと思いたい。

けれど身体の内側から、どろりとあふれてくる男の体液やシートに残った自分の精液や血が、今起きたことは嘘ではないと物語っている。

はっきりと見えた黒豹の後ろ姿。

それがさっきの男のものであると考える方がおかしい。

だが、今夜は満月だ。

ソロモン王の子孫が建てたという神の国と呼ばれる人豹の王国。

ここではなく、別の異世界に存在すると言われている。満月の前後三日間だけ、黒豹の化身が異世界とこちらの世界を行き来できるという伝承。

内戦中、将軍がずっと探していた特別な存在。

（バカな……現実にあるわけない……だけど）

一年前、まだ少年のような獣だった黒豹が青年となって自分の前に現れた。

そしてあのとき、閉じこめたことを勘違いして恨み、復讐をしてきた。

志優を犯すことで、あのときの恨みを。

それなら辻褄が合うのだ。

（あのときの彼なのか……そしてぼくを恨んでいるのか）

そう思うと、犯されたことへの憤《いきどお》りがほんの少し冷めていく。

もちろんあの行為自体を許すわけにはいかないのだが、あのときの彼だとすれば、志優に対し、裏切られたような、見捨てられたような気持ちを抱いてしまったとしても仕方ないことのように思えて胸が痛くなってきた。

『黒豹の仔を将軍の部下に密売するために捕らえて閉じこめ、その間に兵士たちと肉欲に走っていたが、日本大使館の力で自分だけ逃げたという話も』

そういえば、あんなふうに言っていた。

「そんなつもりはなかった……本当は助けようと思っていたんだよ」

密売しようとして閉じこめたわけじゃない。助けたかったから。

だが結果的に傷つけてしまった。こんな行為をしてしまうまでに。復讐だなんて、そんな負の感情を抱えさせてしまったなんて。

とても大切に思っていたから、なにがあっても将軍に渡したくなくて、それで隠したつもりだった。逃げられるようにと鍵やドアをゆるめにしておいて。

けれど彼にはそれが伝わっていなかった。だから復讐だと称してこのような行為をしてきて。

「ん……っ」

身体もひどく痛かったが、それよりも心が痛かった。

涙が出てきそうになったとき、本部のある街からコーランが聞こえてきた。

祈りの時間。アザーンだった。

崩れかかったモスクの尖塔《せんとう》から響いてくる祷りの声。砂漠に反響していく声を耳にしながら、

志優の眸からひとしずく涙が流れ落ちていった。

3

自分はあの黒豹を傷つけてしまった。憎まれていたのだ。

だから彼は復讐のために、あのようなことをしてきた。

あの夜は、それがショックでどうしようもなかった。犯されたことも衝撃的だったし、しばらくずっと身体が軋《きし》んでいた。

けれど同時に、心のどこかで安堵している自分がいた。

彼が生きていたことに。

医者の悪い癖とでもいうのか、あのあと彼の残した体液をこっそりと調べてみた。

そしてわかった。

彼のＤＮＡが純粋な人間でもなく、純粋な豹でもないことが。

それと同時に、そのどちらもの特性が複雑に絡まりあっていた。

（あのときの彼だったのか。そして彼こそ……やはり特別な黒豹だった）

だとすれば、彼を必死に助けようとした自分の行為は間違っていなかったのだ。結果的に憎まれはしたものの、それでよかったのだと思えてホッとした。

志優をハーレムに入れると言っていたが、もしまだ恨んでいるようなら、あのときのことを謝ろう。きちんと守りきれなかったことに変わりはないのだから。

ただ密売しようとしていたわけではなく、守りたかったからだという気持ちだけでも伝える。

そんな決意をしながら、志優は毎日のように仕事に忙殺されていた。

あれから意識的に本部の人間と接していると、確かにあの黒豹の彼が言っていたように、自分のことで妙に間違った噂があることはわかった。

だが、もう少しで去る身だし、そのうち噂も消えるだろうという気持ちだった。

今、国家は、新たな建設の音でにぎわいを示していて、病院もあちこち建て直していて、もうそれどころではないだろう。

内戦中に捕らえられていた反対勢力の人々も解放され、今では元の生活にもどって国の再建に尽力していた。

少しずつ平和に包まれ、日を追うごとに、それまで荒廃していた人々の心が明るくおだやかになっていくのが伝わってくる。

それでもまだあちこちに難民キャンプが残っている。

志優は支援物資として届いたワクチンを持って、できるかぎりキャンプをまわっていた。

本部に置いておくと盗難の恐れがあるため、大量のワクチンや医療器具、粉ミルクや医薬品を大きめの鍵付きの医療バッグに入れて。

「もう明日には帰国だ。今日でキャンプめぐりも終わりだから、残ったワクチンは君たちで子供達に投与をしてほしい。くれぐれも盗難には気をつけて」

キャンプを回ってジープにもどると、助手のジョンが車を運転し始めた。

今日は一日かけて助手のジョンと二人で難民キャンプを回っていた。朝はまともな姿だったが、夕方には全身が砂埃で真っ白になっている。

念のため、白衣の下には今もまだ防弾チョッキを身につけている。

乗っているジープも、いつ銃撃を受けても大丈夫なように、鉄のシートで保護された装甲車のようになっていた。

「先生、働きすぎですよ。毎日毎日、キャンプに行って。本部に着いたら起こしますので、リアシートで少し休んでください」

「ああ、ありがとう」

志優はリアシートに疲れた身体を横たえた。

もうほとんどの難民キャンプを回った。子供たちにワクチンも投与した。あとは公衆衛生を強化していくだけ。

明日までにその書類をまとめておこう。

そんなことを考えながらいつしか志優はぐっすり眠っていた。

そうしてどのくらい経ったのか。

ガタガタと揺れるいかめしい形の英国製の大型ジープのなか、疲労のあまりうとうととしていた志優は、ひどい揺れと暑さに寝苦しさを感じ、うっすらと意識をとりもどした。

車内がひどく埃っぽい。

窓から砂埃がなかに入り込んでくるジープのリアシートで仮眠をとっていた志優は、ジョンの怪しげな言葉にハッとして目を覚ました。

眩《まぶ》しい夕刻の光が窓の外から入りこみ、一瞬、志優の目は眩《くら》みそうになる。

「着いた？　待て、どうしてこんなところに……」

目を細め、あたりを見まわす。目的地ではない。しかも志優の乗っているジープを、ライフルを手にした集団がとりかこんでいる。

黒い布を頭からまとい、ライフルや銃を手にした体格のいい男たちの集団。

その向こうには、大量の象牙を乗せたトラックが見えた。

テロではない。反乱軍でもない。強盗でもない。サハラ砂漠にある紀元前からの古代遺跡を根城にした象牙の密猟集団だった。

男たちが手にしていたライフルが太陽の光を反射してキラリと閃《ひらめ》く。

「外に出ろ」

窓の外からライフルを突きつけられ、志優は息を殺し、診療バッグを肩からかけたまま、車外にでた。

――いかなるときも平静な心を持て。

心の中でいつもの言葉を己に言い聞かせる。

車のまわりには、巨大な砂岩でできた古代遺跡。

車から降りたとたん、志優は入ってはいけないところに迷いこんだ気がした。

どういうわけか、磁場と時間のバランスのようなものが少しずつズレていくような奇妙な感覚に襲われたのだ。

（ここは……豹と人間の帝国の伝説のある遺跡では……）

そうだ、あの黒豹の彼と初めて出会った場所である。もう一度、帰国前に彼に会いたかったが、この状況ではそれ以前の問題だろう。

「ジョン、ご苦労だったな」

集団の中央にいる男が、口元に歪んだ笑みを浮かべてジョンに話しかけている。

「え……っ」

ふりむくと、ジョンがそこにずらりと置いてあったスーツケースを、二人の乗っていたジープの後部座席に次々と運んでいた。

「まさか……」

この遺跡から盗掘されたものだというのがすぐわかった。象牙もそうだが、遺跡の盗掘は政府から厳しく禁じられている。

「ジョン、君は……まさか」

その瞬間、リーダー格の男が志優に銃を突きつけた。ハッとしてジョンが問いかける。

「この日本人医師も……殺してしまうのか」

「仕方ない。現場を見られた以上は」

「待て、やめろ。もったいない。彼ほど優秀な医者は滅多にいないのに。我が国の医療のため、身命を削ってどれほど貢献してくれたことか」

「いいじゃないか、ジョン。この金の像一つで、医師数人くらい軽く雇えるんだから。それに内戦はもう終わった」

そう言って男の一人が何の迷いもなくトリガーを引いた瞬間。

「……っ！」

あたりに甲高い銃声が響き渡る。

もうダメだ。目を瞑った次の瞬間、身体を激しい衝撃が襲った。

「――――っ」

大きく身体が弾け飛んだかと思うと、志優の眸のなかに真紅の燃えるような砂漠の太陽が入ってきた。

巨大な砂岩をくり抜いた洞窟や、石造りの円柱が幾つも折り重なるように並んでいる神秘的な光景。焔《ほのお》のように真っ赤な夕陽が、黄土色の遺跡を赤々と燃やしているように見えた。

灼けつくような陽射しの強さ。赤い熱砂の海で揺られているような、そんな感触を覚えながら、志優の身体はふんわりとした土漠の上に落ちていった。

「く……っ」

よかった。地面に倒れこんだ志優はホッと息をついていた。

銃弾を浴びたショックで吹き飛んでしまったものの、白衣の下の防弾チョッキのおかげでどこも怪我をしてはいなかった。

「まだ息はしているが、時間の問題だろう」

リーダーの男はサンダルの先で志優の身体をつついた。

防弾チョッキの存在には気づかれていないらしい。このまま瀕死の状態のふりをして、この場をやり過ごそう。志優は息を殺した。

「では、急ごう。日が暮れる前にこの場から去った方がいい」

ジョンがそう言って、志優の身体にかかっていた医療用バッグを取ろうとした瞬間、とっさにバッグを奪い返していた。

「ジョン、これはダメだ、これは渡せない」

「志優先生……」

絶望的なジョンの目。彼が小声で懇願してくる。

「医薬品は高く売れるんです。手を離してください、先生が生きているのがバレたら」

助けてくれるつもりだったらしい。だが、遅かった。リーダー格の男が振り向き、二人の様子に気づく。

「ちっ、こいつ、生きてやがったのか」

カチャリとトリガーを引く音が耳に飛び込んできた。

確実に眉間を狙われている。今度こそダメだ。そう覚悟した一瞬、黒い影が自分の目の前に立ちはだかる。

「――っ」

銃声が響き渡り、耳をつんざいていく。

「―――っ！」

きな臭い匂い。大きく鼓膜が破れるような音が反響したかと思うと、こめかみの真横を銃弾が通りぬけ、髪がぱらぱらと落ちていった。

志優を庇《かば》うように立っていたのは、白い布を褐色の肌に纏った男性だった。

「……っ」

白いターバンから垂れた黒髪を風に揺らしながら、その褐色の肌の男はそこにいた密猟集団を見据え、抑揚のある低い声で呟いた。

「神の国に逆らう者どもよ、ソロモンの怒りをその身に受け止めるがいい」

ソロモンの怒り？

「……まさか」

この声、体躯。間違いない。志優はハッとして、男を見あげた。陽が沈みかけた薄暮のなか、それでもはっきりと男の顔だけは確かめることができた。

「無事か」

ああ、彼だ。黒豹の彼だった。

はっきりそう確信したと同時に、大きく地面が揺れた。

何が起きたのか、ぐらぐらと揺れ、わけがわからず目を見ひらいていると、密猟集団のいる場所の地面がピキッと割れ、大きな亀裂が走った。

「わあっ！」

「な、何なんだ、これは。助けてくれ」

「ひゃあっっっ」

密猟集団の立っていた場所が一気に崩れ落ち、砂が渦巻きながら蟻地獄のように彼らを飲み込んでいく。

音が消えたかのような静けさ。志優は呆然と目を見はった。

「彼らは……どこへ。早く助けないと……」

「あんな悪人どもをか？」

「当然です、どんな人でも死なせるわけには……」

「それなら大丈夫だ、罪人として捕らえただけだ」

捕らえただけ。この遺跡の中に何か仕掛けでもあるのだろうか。

「では、命は無事ということですか。それより、あなたに怪我は。銃弾は？」

薄闇のせいで彼が怪我をしているのかどうか確かめられない。銃弾が当たったはずだが。

「俺のことより……おまえは無事なのか」

男は冷ややかな口調で問いかけてきた。復讐といったときと同じ表情と口調。助けてくれたからといって決して心を許しているわけではないのがわかり、志優は丁寧に礼を言った。

「はい、おかげさまで助かりました。どうもありがとうございます」

「密猟者どもに逆らったりして、バカなヤツめ」

「それを言うなら、あなたこそぼくを庇ったりして」

「庇ったのではない。密猟者どもを追い払っただけだ。誰がおまえなんかをわざわざ」

突き放すような言葉が胸に刺さる。やはり彼のなかには自分への憎しみが存在するのだ。

「そうですね、確かに。ああ、でもよかったです。帰国前に、もう一度、あなたに会えて」

男が不可解そうに眉をひそめる。

「自分を犯した男に？」

「復讐という言葉の意味を冷静に考えると、あなたが何者か気づいて」

「志優……」

「あのとき、どうしてああしたかを説明しないといと思っていたんです。実は……」

と言いかけたとき、志優は男が身に着けている白い衣服が焦げていることに気づいた。

それだけではない。腹部のあたりが赤く血に染まっている。

「それ、今さっき、ぼくをかばって銃に……」

「かすっただけだ。大したことはない」

「やっぱり怪我を。待って、今、治療をします」

医療バッグが無事でよかった。志優はそこから医療器具を取りだそうとしたとき、彼の足下に血がたまっていることに気づいた。

「早く止血をしないと」

志優が反射的に手を伸ばしたと同時に、男はぐったりと力尽きたように腕のなかに倒れこんでくる。とくとくと男の腹部から流れていく血が志優の手のひらを赤く染めていく。

「しっかりしてください。すぐに応急処置をします」

そのとき、ふっと夕陽を浴びている二人の影が細長く砂漠に刻まれていることに気づき、志優はハッと目を見ひらいた。

一人は自分自身の影。そしてその腕に抱きかかえられているのは――――。

「どうして……」

人間ではない。砂の上にくっきりと刻まれていたのは、雄々しい体躯をした豹の影だった。だが、腕の中にいるのは、なやましいまでに美しい黒髪の青年。

「……っ……」

ふいに薔薇の香りがしてきた。その匂いにはっきりと記憶がある。あのときの香りだ。

「やはり……」

呆然と目を見ひらく志優を見あげ、腕の中に寄りかかっていた男が淡い笑みを口元に刻む。

「ああ……今夜は満月だ。約束どおり迎えにきた」

「迎えに……」

妖しくも甘美な感覚が記憶の襞《ひだ》からよみがえりかけ、志優はごくりと息を呑んだ。

「ハーレムの花嫁にするために」

男が胸にしがみつき、愛おしそうに志優の手にキスをしてくる。

「ぼくを……恨んでいるんですよね。だから復讐のため、ハーレムの奴隷にしようと」

「そう、賢い人だ」

「だったら間違っています。あなたの復讐はもう終わりました。ぼくを犯した時点で」

「もう終わった？」

「そうです。だからもう復讐など考えないでください。どこの国かわかりませんが、王となられたのであれば、もうそのような負の感情に囚われて欲しくないです。今から医師としてあなたを助けます。ですから、もうこれで復讐のことは忘れてください」

志優は冷静に、祈るように言った。しかし男は強く志優の肩を抱き寄せてきた。

「いやだ」

「王……」

「ハーレムに連れていくと決めた。おまえのための部屋も用意した」

「ぼくは日本に帰国します。あなたはもう復讐など忘れてください」

「そんなの無理だ。俺はおまえにマーキングしたんだぞ。この先、生涯、俺以外には発情できない身体になっているんだぞ。女も抱けないし、男から抱かれても感じることもできない」

「それはかまいません。興味ありませんので。むしろそのほうがいいです」

志優は苦笑を浮かべた。

「うそをつくな。淫乱な変人だという噂なのに。もういい、とにかく絶対に離さない。何より、おまえがくると言わないなら、この怪我の治療はしない」

拗《す》ねたような、わがままなことを口にする姿に、仔豹だったころの面影が見え隠れし、志優は小さく息をついた。

「困ったことをおっしゃらないでください。治療をしていただかないと命の保証はありません」

「では、俺についてこい」

肩を抱き寄せ、男がくちづけしてくる。

そのとき、ふわっと唇の間を甘い香りが駆け抜けていった。その香り。キスの感触。それだけであらがいたくてもあらがいきれないむず痒い焦燥が湧いてくる。

と同時に、防弾チョッキで覆われたはずの胸に、かつてこの男から受けた甘い熱の余韻が蘇りそうになり、志優は息を殺した。

「ん……っ」

これがあれなのか、彼の言っていた発情。

暗闇のなか、毎夜のように夢のなかで、この男に発情する自分がいた。意識を朦朧とさせながら、全身を甘く熱っぽく蕩かされてしまう夢。そのなかで彼に身を任せた。

黒豹なのか、人間なのかもわからないまま、気がつけば与えられている快楽に身悶えしているような夢。

胸底からあふれでるような衝動にこらえきれない。これがマーキングされた証明なのか。腕の中の男の身体から揺らぎでる香りに幻惑されそうになったが、しかし志優はできるだけ冷静に問いかけた。

「……ぼくは……どうすれば」

「これから俺の世界へ来るんだ。約束どおり、連れていく」

「あなたの世界？」

「そう、迎えにきた。そこで今度こそ本物のつがいにする」

今度こそ……その言葉にどくりと鼓動が高鳴る。

「だけど……」

「もう遅い。扉は開いた」

笑顔で男が言ったとき、再び大きく地面が揺れた。今度は二人のいる場所が崩れていく。

「あ…あ…っ」

男の腕のなかに抱きしめられたまま、身体が砂の中に呑み込まれていくのがわかる。

どんなときでも平静の心……。

保つことができるのか、こんなときでも。

そのとき、東の空に浮かびあがった満月が艶やかに煌めいているのが見えた。

＊

「……っ」

耳元で獣の唸り声らしきものが聞こえ、はっと目を覚ますと、夕闇に包まれた薄暗い庭園が志優の周りに広がっていた。日没直後特有のしんとした時間帯。木々の影にはなにかが潜んでいそうな深い闇が広がり、どこからともなく虫の音が聞こえてくる。甘い花の香りとともに、うっすらと水の匂いも漂ってきていた。

何メートルか置きに灯されている松明の焔が庭園のところどころを明るく灯していた。

ここはどこだろう。自分はなにをしているのか。

確か黒豹の彼に抱きしめられ、ハーレムに連れていくと言われて地面が揺れたところまではっきりと覚えているが。

そうだ、そしてそのあと蟻地獄のような砂漠の下に飲み込まれて、そのまま意識を失った。

(ここは……一体……。彼はどこに行ったのか)

医療用のボストンバッグを抱きしめて、志優は立ちあがった。

どうやらパティオらしき場所の長椅子で眠っていたようだ。

まわりには、初夏を彩る淡い桃色の睡蓮の花や薔薇、真っ白な天人花、匂い立つようなチューベローズ、西洋梔子《くちなし》などがふんだんに植えられている。

中央にある大きな池の中央には蓮の花の形の泉が浮かびあがり、そこからあふれるように流れ出ていく水が地面に水路を作っていた。

まさに壮麗な千夜一夜の世界がそこにあった。

同じイスラム圏でも、これまで志優がいたところとはまるで違う。

果たしてここはどこなのだろう。

見上げれば、上空は淡い薔薇色の夕陽に染まっている。

風が吹くたび、ゆらゆらと松明《たいまつ》が揺れ、庭園の奥にそびえ建つ宮殿のような建物を浮かびあがらせていた。建物はアラベスク模様のタイルで彩られている。

パティオの四方を取りかこむ壁の小窓から町の明かりが見える。

のぞいてみると、ここが古めかしい街の中心の高台に建っていることがわかった。

暗くてわかりにくいが、高台の下には細やかな迷路のような路地が入り組んだ古い街があり、人々がにぎやかに生活を営んでいるのがわかった。

イスタンブールやカイロあたりで見かけそうな雑然としたバザールやマラケシュなどにありそうな大道芸人たちのいる広場。そんな華やかな場所もあれば、路上生活者がひしめきあっているようなスラム風の一角、さらには病人や負傷者たちの姿もちらほらと見える。あとは夕暮れ時なので見えづらいのだが、イスラムのモスクや尖塔があるのがわかった。

こちらの窓は東側にあるのだろうか、街の向こうに広がっている砂漠の端から、ちょうど青白い月が上ろうとしているところだった。

連なるように建ち並んだ古代遺跡のようなものを月の光が幻想的に浮かびあがらせている。

砂漠には、ナイルのような、大きくて蛇行した河が流れていて、船らしきものの姿が見える。

ここはエジプトなのだろうか。似ているような、違うような。

ムスリムの庭園のようと言われればそんな感じだが、ここで古代エジプトの映画のロケをしていたとしても違和感を抱かないだろう。

それにしても、黒豹の彼はどこに行ったのか。怪我をしていたが、大丈夫なのだろうか。

(そういえば名前も聞いていない)

さっきの獣の唸り声はどこから聞こえていたのか。

心配しながらあたりの様子を確かめていると、泉の向こうに潜んでいる何物かの気配にハッとした。獣だろうか。まさか黒豹？

振り向いたそのとき、大理石の床に点在している赤い血痕に気づいた。

「これは……」

志優の手や衣服にも血が付いている。

確かめようとおそるおそる気配の方向へと近づいていく。

棕櫚の木の陰まで行ったとき、志優は心臓が停まりそうになった。

凄まじいほどの血だまりがあったからだ。まだ濡れていることからすれば、流れたばかりの新しいものだった。

「……っ」

息を殺し、志優は奥へと進んだ。

誰かいるのか、いないのか。月の光が入りこまない中庭の木陰は木々や泉のせいで暗くてよく見えないが、負傷者がいるのだけはわかった。

おそらく彼だ。そう確信して進んでいくと、棕櫚の木と泉水の陰でじっとうずくまった姿の影があった。漆黒の黒豹が倒れていた。

「怪我を……やっぱりさっきの銃で」

志優は膝をつき、血に染められた白い布に手をかけようとした。その刹那。

「――――っ！」

空気を切り裂くような音とともに黒い影がいきなり動いて、志優にのしかかってきた。

はっとして息を呑んだ一瞬のあと、倒れこんだ身体を黒豹が押さえつけ、志優の顎の下、首の付け根に冷たい牙が触れていた。

視線を下にむけると、月の光を反射した白い牙がきらりと光って見える。身動きすることもできず、志優は硬直した。

皮膚に感じる冷たさ。少しでも動けば、瞬時に頚《けい》動脈を噛み切られただろう。

――おまえか。

次の瞬間、どこからともなく耳に響いた言葉に、志優は目をみはった。

――気配を消して俺に近づくな。

今の言葉は……。鼓膜の奥深くに反響するような、低く抑揚のある声が聞こえた。どう考えても黒豹が話しかけてきているように感じるのだが、まさか。

驚いている志優の顔を確かめると、黒豹は首から口元を離し、静かに身体から離れていった。

そこにいるのはこれまで生きてきて一度も間近で目にしたことがない、巨大な肉食獣——ゆうに二メートルはある、巨大なオスの黒豹だった。

くっきりとした鋭利な紫色の双眸。黒の被毛の下にうっすらと見える豹紋。

磨き抜かれたような、艶やかな美しい毛並み。野生の黒豹というよりは、アラブの王族かハリウッドスターの大邸宅で悠然と暮らしている肉食獣のような優雅さと落ち着きを漂わせていた。

恐怖はなかった。

それに不思議なほど当然のように、この黒豹があの男だということを意識の底で理解していた。

どのくらい視線を絡ませていたのか、黒豹は志優の頭の先から足の先まで凝視したあと、ふと納得したように呟いた。

——俺だ。

息をするのも忘れて志優が見ていたそのとき、すぅっと黒豹の身体が視界から消えたかと思うと、そこに一人のすらりとした男性がたたずんでいた。

「……っ」

やはりそうだった。自由に人間と黒豹になることができる伝説の生き物。ジョンたちの話していた黒豹の王こそ、彼だったのだ。

年齢は幾つくらいなのかわからないが、多分、二十代半ば、同じくらいの年齢だろう。

やや浅黒い肌、艶やかな黒髪は……多分、後ろは襟足くらいの長さだと思うが、白いターバンが巻かれていてよくわからない。

さらりとそこからこぼれ落ちている髪、ターバンにつけられた青い宝石、そして身に着けている衣服も、ゴールドの飾りのついた白い上質そうな布の装束で現代のものと違うような気がする。

幾重にも重なった金細工の刺繍が施された白い衣。その姿は、高貴な気品のようなものをたたえ、神に仕えているもののような神々しささすら感じさせた。

志優は、そのまま一瞬にして、自分がアラビアンナイトの世界にさまよい込んだような、ナイルの河畔にある大帝国の宮殿にいざなわれていくような感覚をおぼえた。

深みのある紫がかった黒い眸、白い衣からはみ出したしなやかな肩から腕への筋肉のライン、若々しくきめの細かい褐色の肌、何もかもが神秘的にさえ感じられ、ほんの数秒、志優は彼に見入っていたが、すぐに布を赤く染めている血に気づいてハッとした。

「傷……傷は大丈夫なのですか。すぐに手当てを」

志優は彼の腕を掴み、衣服に手を伸ばした。

「弾は残っていない。自分で取った。新種のクラスター弾だったので、体内で破裂しては困る。だから……」

彼の視線の先を見れば、弾丸が転がっていた。新種のクラスター弾がどのようなものなのかわからないが、自分で取ったという行為に志優はゾッとした。

「ばかなことを。自分で取ったなんて。ぼくに言えば、手術したのに。こんなにも血が出ている。何で自分で取ったりするんですか。化膿したらどうするんですか、すぐに手当てさせてください」

志優は傍にあった医療バッグを開き、そこからペニシリンを取り出した。

「志優……」

「いいから、ぼくに任せてください。あなたはじっとして」

志優は素早く彼に化膿止めを打ち、腹部の銃の痕を縫って包帯を巻いていった。そのとき、彼の胸に残る手術跡に気づいた。

「これは……ぼくが縫ったものですね」

彼の胸骨の下に斜めにできた手術の縫合のあとが残っている。

「そうだ」

「抜糸できなかったので心配していたのですが」

「自分で抜糸した」

「自分で？」

「そんなに難しいことではなかった」

「すみません、きちんと最後までできなくて」

「そんなことはどうでもいい。しかし……あのときもそうだったが、ずいぶん手際がいいな」

目を細め、彼は興味深そうに志優の手を見ていた。

「当然です、プロですから」

「他人行儀だな、子供のときのように……話しかけてもかまわないぞ」

人懐こく微笑する姿からは、自分への憎しみのようなものは感じない。むしろ昔なじみと再会したような慕わしさのようなものが漂ってくる。

(ぼくを恨んでいると言ったのに。復讐だと。でも、そんなことはどうでもいいと言っている。もう復讐はしないということだろうか)

あのジープでのこと……。思い出すだけで、夜半、身体が発情したようになってしまうことはあったが、心まで発情するようなことはなかった。

それが彼の復讐という行為だったら、自分のなかで仕方のなかったことだと割り切り、忘れようと努力していた。彼に誤解されるようなことを自分がしてしまったのだと思って。

「どうした、そんな顔をして」

「あ……いえ。あの……それよりも不思議に思っていたのですが、あなたは一年で一気に成人したのですか」

助けたときはどう見ても生後半年くらいの黒豹だった。

あれから一年も経っていないのに、すっかり成獣となっていた。人間でいっても一年でこれだけ成長するのはおかしい。

「こちらとおまえの世界では時間の流れが違う。こちらでは三年以上が過ぎている」

「三年以上も？　豹ならわかります。でも……あの……あなたの世界では人間も三年で成人してしまうのですか」

「そうだ」

「ではあっという間ですね」

「そうでもない、普通だ。むしろ人豹ではない人間は、二十年もかかると知り、ずいぶん悠長だと驚いた。まあ、おまえたちの世界は、ここよりも科学や医学が発展しているので、二十年くらい成人しなくても普通に生きていけるのだろう。我々は、大人になるまでは豹のスピードで成長し、それ以降は人間と同じ、いや、そちらの世界の人間よりももう少しゆっくりと老いていく」

そんな不思議な生物がこの世に存在したとは。

いや、この世——つまり志優の世界ではないのだ、ここは。伝承によると、確か遺跡の近くに時空が歪んでいる場所があり、満月とその前後の三日間の夜だけ、異世界と行き来できるようになるという話だった。

「あなたは、満月の夜だけ、二つの世界を行き来できると聞きましたが」

「そうだ。正しくは、満月の夜を挟んでの三日間それ以外に、国家の大事に関わる緊急時に、特別に神の許可が降りる時がなくもないが」

「行き来できるのはあなただけですか。ぼくはどうしてここにいるのですか」

「行き来できるのは、神の後継者の資格を持つもの、王位継承者のみ——今なら、俺と、父方の叔父《おじ》だけ。そして俺と、叔父が認めたもの。例えば、おまえも知っているあの亡くなったメスの豹。彼女も俺が認めなければ、あちらの世界にいくことができなかった」

「あの……埋葬した豹ですか」

「ああ、おまえは俺の母親と勘違いしていたが、あれは母親ではなく侍女だ」

「侍女？」

「そう、俺の世話をしていた。彼女はあそこで力尽きてしまったが」

「では、あなたはやはり本気でぼくに復讐するために、こちらの世界に連れてきたのですか」

「そうだ」

「元の世界に戻ることは……」

「無理だ。次の満月まで」

次の満月までは無理。だがそのときに可能ならば。

「次の満月でもかまいませんので、元の世界へ、お願いします」

「いやだ」

「ぼくはあなたの身を密売する気などありませんでした。あそこに閉じこめたのには深い理由があって」

「理由はどうあれ、おまえが俺を閉じこめ、見捨てた事実に変わりはない」

きっぱりと言われ、志優はうつむいた。

「そのことは謝ります。ぼくがもっと冷静にどうすべきか考えなければいけませんでした。あなたが伝承の黒豹だとはっきりとわかっていたら」

「伝承を知っているということは、俺が誰で、ここがどこなのかわかっているということか」

「はい」

「だからずっとそんな態度をとっているのか」

「そんな態度?」

「そうだ、他人行儀で、冷たくて、遠い。子供のときのような話し方をしてこない」

志優はじっと彼を見つめた。

その場だけが明るく輝くような美しい神々しさ。しかも妖艶な風情をたたえている。

それに圧倒的な高貴さを称えている。

優雅さと濃艶な大人の男としての色香、それから完璧な権力を手にしている支配階級の人間のような他を圧倒させるような空気感。

「無理です。最初に目が見えない状態で、まさか黒豹の化身だとも思わずに話をしたのもありますが、あなたは……ソロモン王の子孫、神の国の王、黒豹の化身ですよね。そのような方に昔のように親しく話すことなんてできません」

そう、やはり彼から自然とにじみでる王としてのオーラ、明らかに普通の人間とは違う風格に圧倒され、自然と敬語が出てしまうのだ。

しかし男はなにも返してこなかった。

ただ志優をじっと見るだけ。

沈黙が続き、志優は浅く息をついた。自分の呼吸の音しか聞こえないような静寂に、一瞬、不安をおぼえたそのとき、彼はこれまで見たことがないような真摯な表情で言った。

「そうだ、俺はソロモン王とシバの女王の子孫。神の国と呼ばれた人豹王国を統《す》べるために誕生した黒豹の化身だ。名はアシュ」

アシュ。サハラの民の間で、神という意味の言葉だ。

「志優、では教えてくれ」

「え……」

「医師の目から、国家というものを見たとき、最も大切なことはなんだと思う」

突然の問いかけに、志優は小首を傾げた。

「率直に言ってほしい。俺は早くに父を亡くし、まともな帝王教育というものを受けていない。だが、血統ゆえ、王として国家を統べていかなければならない。そのため、おまえに問いかけているのだ。おまえの、医師の意見としてで良いので」

王としての立場からの問いかけだった。志優は頷き、答えた。

「最も大切なことは……ぼくの医師としての意見ですが、最も弱い人々が普通に自分の足で立ち、平和に暮らしていけることではないでしょうか」

「最も弱い人々？」

アシュは目を眇《すが》め、まじまじと志優を見つめた。

「はい」

「つまり庶民ということか」

「その通りです」

「では、生き物にとっての最大の敵だと思うものをあげろ」

態度は尊大だが、質問の内容もその眼差しも真摯なものだ。異世界の医師の言葉に耳を傾け、王として純粋にこの国をどう統治していくべきか考えているのだろう。

それならばこちらも真摯に答えなければ。それで罪滅ぼしになるとは思わないが、これまで戦禍の医療現場で見てきたからこそ知ることができた想い、そして人々が安心して暮らしていける世界とはどんなものなのか――伝えられるものは伝えたい。相手が異世界の者であろうが、異種の者であろうが、根底は変わらないはずだから、せめてこの若き王に……。

「ぼくは医師としての立場からしか言えませんが、生き物にとっての最大の敵は身体の内側に巣くうもの……と思っています」

「内側に巣くうもの？」

「例えば心であったり、例えば寄生虫であったり、ウイルスであったり……外敵よりも内なる敵の方が生き物にとっては脅威なのではないかと思うのです」

「内なる敵か」

アシュはおかしそうに鼻先で嗤った。

「なるほど、言いたいことの意味は理解できた。では、この世界を作った神は、生き物の内なる部分に天敵を与え、そこから生き物を苦しめ、滅ぼそうとしているわけか」

「いいえ、そうは思いません」

「理由は？」

「自然の摂理だからだと思うからです」

「自然の摂理？」

アシュは深々と眉間にしわをよせた。

「つい一カ月前まで、ぼくは隣国にいました。特効薬のない感染症のパンデミックが起き、その治療に。患者だけでなく次々と同僚が亡くなり、自分もいつも死の恐怖を感じていました」

防護服を身につけ、帽子とゴーグルと手袋をつけて治療に当たる日々。地獄のようだった。

だが、救いがあった。人々が積極的に公衆衛生に尽力していったことで、少しずつ環境が良くなり、気がつけば自然と終息していたのだ。

「あのとき、今、王がおっしゃったように、神はウイルスによってこの世界を滅ぼそうとしているのではないかと感じました。でも同時に、神がこの世にいるのだとすれば、わざわざ人を苦しめるために内なる敵を創造されるわけがないと思うのです」

「意味がわからん」

「人の心もウイルスも寄生虫も……内なるものは最大の敵になる代わりに、最大の味方にもなりうるのですから」

「さらにわけがわからなくなった」

「そうですね。すみません、変な言い方をして。ただ隣国で、人々が変わっていく姿を見たんです。最初は感染者への暴行が絶えず、恐怖のあまり街が大パニックになっていました。ですが、海外から派遣された医療チームが必死で頑張っているうちに、人々も『生』への感謝を抱くようになり、他者を助けようという動きも見え始めました」

「なるほど。地獄のような現場を通して人々の意識が変化したというわけか」

「そうして気がつけば、パンデミックが終息していました。その間に、公衆衛生も行き届くようになり、国全体が大きく変わったのです。幸いにも内戦が起きなかったので、それも可能だったのだと思いました」

「その理由は?」

「憎しみの負の連鎖がなかったからです。そのとき、気づいたのです。人々の内なる場所にこそ天敵が存在し、また最大の味方も存在するということに」

淡々と話す志優に、アシュはふっと鼻先で嗤った。

「おもしろい男だ」

「え……」

「おとなしそうで、己に関することは言いたいこともうまく伝えられないような性格なのに、医療のことになると饒舌《じょうぜつ》になる」

「言いたいこともうまく伝えられない？」

「違うのか？」

そう問われても、考えたことなどなかったのでどう答えていいかわからなかった。戸惑っていると、アシュは確信を深めたように言った。

「やはりそうではないか。今だって、自分のことに関してはうまく言葉にできない」

「あ……確かに」

ぼそりと答えた志優の前にひざまづくと、アシュが両手をとった。

「ハーレムの花嫁にするつもりだったが、もし医師として働きたいなら、俺の師となってこの国を支えるというのは？」

「え……師？」

「そうだ。師として、俺を導くのだ」

「あの、どうぞお立ちください。師だなんてとんでもない、いきなりそんなことを言われても困ります」

「国家救援医にしてやると言っているのだ。王の師、医師としての最高位を与えても良いと言っているのだ。俺が殊勝に頼んでいる間に、イエスと言え」

ひざまずきながらも、アシュの態度は尊大なままだった。

「できません、王の師だなんて。ましてや国家救援医だなんて重すぎる荷です」

「断るというのか、せっかく国家の救援医として最高の地位を与えようとしているのに。医師として行き場もない状態のくせに、よくも」

「だからこそです。だからこそ、もっと適任の者を選んでください」

自分にそこまでの力はない。経験も知識もまだまだだ。それに引き受けたりしたら、一カ月後、元の世界にもどれなくなる。中途半端に放り出すことなどできないほど大切な役目なのだから。

「もう向こうの世界におまえの居場所はないのではなかったのか。それならここで、国家救援医として生きていけばいいと提案しているのにそれを断るとは」

「無理です、国家を担うことなんて」

「どうして断る。人の心を信じるというなら、隣国と同じように、この国も救ってみろ」

「この国？」

「そうだ」と頷き、アシュは今の自分について志優に説明した。

ここが黒豹を中心とした人豹の帝国で、次の満月のときまで志優は元の世界にもどることはできない。

その間に、自分の伴侶《はんりょ》として国家を立て直す手伝いをしてほしい。

自分は神の国と呼ばれる黒豹の国の王で、生まれたばかりのころ、敵対する叔父に暗殺されかかった。

父親は王位継承者としてアシュを選んだ。というのも、父方だけでなく、母方も王位継承の資格を持つ一族で、叔父よりもより純粋な黒豹だったからだ。

叔父はアシュと違い、月の下に出ると、黒い被毛が普通の色の豹に変化してしまう。それは不完全な者の徴、むしろ不吉の象徴として、生まれた次点で砂漠に返し、スカラベに埋葬される運命にあった。

だが、父の親――アシュの祖父母がそれを哀れに思い、叔父の被毛の秘密を隠したまま育てたとか。だが結果的に父は叔父に殺され、アシュも追われることになり、母親と侍女とともに遺跡の向こうに逃げようとしたとき、母が亡くなってしまった。

アシュは命からがら侍女とともに異世界に渡り、そこで志優に出会ったのだ。

「最初はおまえに感謝していた。ずっと一緒にいたいと言ってくれ、どれほど嬉しかったか。

新しい母親ができたのだと勘違いしてしまうほどだった」

子どものとき——本当はもっと彼の世話をしたかった。

だがその状況が許さなかった。

「なのに、おまえは俺を裏切った。あんなところに閉じこめ、ブローカーに売った」

「ちが……売ってなんて」

「まあ、いい。もう済んだ話だ。今となってはそれも糧《かて》となっている」

「糧？」

問いかけると、アシュはこれまでの優しげな眼差しとはうらはらに、突き放すような冷たい目で志優をとらえた。

「……っ」

「そうだ、憎しみと復讐を心の糧に生きてきた。……あのときのおまえの行動により、結果的に叔父に居場所が知られた。王位を狙う叔父に」

「え……」

「幸いにも殺されなかったが……」

つまり志優があそこに連れて行ったことで、結果的にアシュは叔父に幽閉されたのだ。

「そんなことはまったく知らなかったんです。ぼくはただ……」

言い訳しようとしたそのとき、遠くに兵士がやってくる姿が見える。

「どうする、ここで処刑されるか、あるいはハーレムの花嫁になるか」

「処刑ってどうして」

「俺に逆らうからだ」

「逆らってなんていません。ただ元の世界に戻してほしいだけで」

「それが逆らうという行為にあたるのだ。それにどのみち次の満月まで、おまえは元の世界に戻れない運命だ」

「はい、だから次の満月まであなたに誠意を尽くします。贖罪《しょくざい》として国家救援医にはなれませんが、せめてその助手としてでも誠意を尽くします。幸いにも医薬品もありますので、ぼくにできることを命じてください。だから次の満月には……」

そうだ、医師として、ここで精一杯働けば、彼もあのときのことを許してくれるかもしれない。それしか自分にはできないから。

「わかった。では、これから先、どうするかは今後のおまえ次第ということで」

「わかっていただけたのですか」

志優はホッと息をついた。

「ああ、まずはおまえを新しく作った俺の後宮に連れて行く。そこで、おまえの誠意とやらをとくと見せてくれ」

後宮？　どうして。

「王、アシュさま、待ってください、ぼくは医師としてお仕えするのでは」

「断ったではないか、できないと。無理だと。だからおまえにはハーレムの奴隷として、一カ月間、その言葉通り俺への誠意をその身をもって示してみせろ。おまえにできることはそれしかない。だから望み通り命じているのだ」

「ハーレムの奴隷?」

「花嫁にする価値もない。奴隷で十分だ。どのみちおまえの身体は、俺以外、発情できなくなっている。せいぜい発情して俺を喜ばせろ。それがおまえにできることだ」

「……っ」

「この男を後宮に連れていけ」

アシュが呼び鈴を鳴らすと、兵士たちが現れた。

「こっちへくるんだ」

兵士たちに連れて行かれたのは、先ほどの水と緑と花と光に充ち満ちた美しいイスラム風のミステリアスな美しい庭園の向こうにある、アラビアンナイト風スパホテルのような風情が漂っている宮殿だった。

4

後宮、ハーレム……。

どのような場所なのか想像もつかないものだったが、真新しくできあがったばかりのホテルのように、人が住んでいる気配はなく、しんとした空間になっていた。

「ここは……」

「俺が生まれた場所だ」

「生まれた場所？」

「そう、国王にとって後宮は憩《いこ》いの場。いわば家庭だ。政治から離れ、心と身体を休めるための場所でなければならない。だからいつでも花嫁が迎えられるよう、改築をしているところだ」

「では、ここにはまだ誰も」

「そうだ。おまえが初めての住人だ。ここには他に誰もいない」

誰もいない。その言葉で納得した。ここに生活の匂いがしない理由が。

「まずはハマームで身を清めろ。埃まみれのその身体を綺麗にするんだ」

あたたかな湯気の出ている部屋の前までくると、アシュはまわりにいた男性の使用人たちに志優の衣服を脱がせるように命じた。

「……やめ……王……このような」

「こちらの世界の装束に着替えさせろ」

志優は使用人に両手を掴まれ、さっと身につけていた衣服を脱がされた。

幕が開かれ、甘い薔薇の香り――彼からいつも漂っている香りが充満した石造りの巨大な浴場へと案内される。

浴槽の湯の上には、白やピンク色の睡蓮の花が浮かべられ、よく見れば、それが蝋燭《ろうそく》のようになっていて、なかに小さな火が灯って部屋全体を幻想的に照らしていた。

「さあ、彼をそこに。おまえたちは、外に出ていろ」

使用人が出ていったあと、アシュはじっと志優を見下ろした。

蝋燭が彼のシルエットを壁に刻み、ゆらゆらと揺らしている。そのシルエットは人間ではなく、黒豹だった。

「王、ぼくはしがない医師です。あなたを閉じこめたのは、ブローカーに知られないためでした。繋がっていたなんてことはありません」

「うそだ。なによりも、そのときの罰として、パンデミックの起きている隣国にやられたという話を耳にした」

「確かに問題を起こした医師として、隣国に行くよう命じられました。でもそれはブローカーにあなたを売ろうとしたからでも、将軍に売りつけようとしたからでもありません」

「それを証明できるものは？」

「……っ」

志優は言葉に詰まった。

「何の証明もできない。それがいい証拠だ。そもそも、俺にはおまえのそうした言動がすべておまえの嘘の証拠のように思える」

「え……」

「いつでも明快だ。理論的で、感情がなく、何の話をするときも同じ口調、同じ表情。黒豹には何度か向けていたが、そのとき以外、おまえの笑顔というものを見たことがない。いや、笑顔だけではない。おまえには喜怒哀楽というものがない」

「……！」

喜怒哀楽がない。確かに、人前で表情を変えたことはない。だがむしろ医師としては、それが美徳ではないのか。

「教壇で講義をしているかのようだ。必死に言い訳しようとする熱意が感じられないせいか、真実味に欠けているように聞こえるのだ。用意周到に考え出した理論を脳内で構築しながら話をしている印象だけが残る。だから誰からも信頼されていないのではないか」

その通りだと思った。

大学病院にいたときも、医療ミスの濡れ衣を着せられた志優を庇うものはひとりもいなかった。組織的なことや立場、権威の前に誰もがひれ伏しているのだと思っていたが、同情する者や正義感から異議を唱えるものも。

北アフリカに来てからもそうだ。必ず悪い方に取られる。看護師たちも、志優がブローカーと繋がっていると勘違いした噂を口にしていた。

アシュもそうした悪い噂を耳にし、それを信じている。

(それは……ぼくの性格が原因だというのか。感情を表に出さないから)

いつも理論的な口調で、平静を貫くということを自分で良しとしてきた。感情を荒立てない、感情的にならない、と。

だが、人間的ではないと言われれば、確かに人間的ではないようにも感じる。

「いいんですよ、信頼されようがされまいが興味はない。どうせぼくが笑ったところで気持ち悪いだけですから」

「気持ち悪い？　何なんだ、その理屈は」

アシュは不愉快そうに眉を寄せた。

「本当にそうなんです。感情を表に出さないので、作ったような笑みになって気持ち悪いのだと思います。実際……考えれば、本当に変人ですよね、ぼくは。どうせ犯すなら、他の人間ではなく自分にしろとか、病気の予防をしろとか、コンドームの装着方法を教えるとか……ぼくの言動は常識的に考えればおかしいことだったと思います」

そしてこんなときも理路整然と淡々としか物事を口にできない自分がいる。

そんなふうに痛感した。本当は、異世界にきて混乱している。黒豹に変身できる人間と出会って驚いている。いきなり犯されたときだって、怖かったし、情けなかった。

今もそうだ。ハーレムの奴隷になれと言われ、動揺しないわけがない。

けれどそれを冷静に考えてしまうのだ。落ち着いて対応しようとしてしまう自分がいる。

「そうだ、おかしなことだ。どうせ犯すなら自分にしろだと？　ずいぶん安い人間だな。おまえにはプライドもなにもないのか」

プライド……。いや、むしろそれがプライドだった。

「いいえ、プライドならあります。人に話しても変だと思われるし、誰かに理解してもらおうとは思ってないが、それがぼくのプライドです」

「犯されるのがか？」

「そうです。ぼくは別に誰かを愛しているわけでもないし、恋人だっていないし、結婚する気だってない。二者択一で、別の誰かを陵辱するくらいなら、いっそ自分を好きにしてくれて構わないと思ったんです」

「なぜそれがプライドになるんだ」

アシュは苛立《いらだ》った様子で問いかけてきた。

「アフリカでは深刻な問題じゃないですか。いえ、アフリカだけではない、戦場ではいつもそうです。陵辱が横行し、エイズになって苦しんでいる女性や子供も多いです。望まない妊娠だってしてしまう。そうした人を作りたくなかったし、性感染症を防ぐ手立ても伝えたかったんです。別にぼくはその目的さえ果たせたら、自分が性的な対象になってもどっちでもかまわなくて」

「やはりおまえはおかしい」

近くにあったグラスに、ワインかなにかを入れ、アシュはぐいっと飲み干した。

「かもしれません。幸いにもあなた以外、誰も犯すものはいませんでしたが」

「何だと……っ」

アシュが目を眇め、グラスの縁から唇を離した。

「慣れていない、狭いと思ったが……まさか初めてだったのか」

志優はうつむいた。

「そんな……。誰にでも犯されたがっている淫乱な医師という噂だぞ、おまえは」

「そのようですが、どっちでもいいです。別に減るものでもありませんし、噂くらい」

「ばかを言うな。そんな大事なことを、どうして言わなかった。誤解されたまま、どうして……いや、確かに……無理やり犯したのは俺だが。せめて知っていれば」

「それによって、あなたのあのときの怒りや悲しみが鎮まったのなら、もうそれでいいと思っています」

「そんなに自分がどうでもいいのか」

「どうでもよくはないです。ただ誰かが誰かの大切な人を失うよりは、大切な相手もなく、大切にも思われていない自分なら、別に誰が傷つくわけでもないので」

志優がそう言ったとき、アシュが手にしていたグラスを床に投げつけた。

ガラスのはじけるような音に、志優が一瞬ピクリとしたそのとき、彼はぐいっと志優の腕を掴んで自分に引き寄せた。

「もういい、もうおまえの自己憐憫《れんびんてき》的な、自己犠牲的な話など聞きたくもない。そんなにどうでもいいものなら、安心しておまえを犯していい、そういうことだな」

アシュは志優の後頭部を手で包みこみ、くちづけてきた。

ふっと鼻腔に触れる甘い匂いに、あのジープでのことを思い出す。ふいに身体が熱くなってきた。発情の火がついたかのように。

「ん……ん……っ」

脳を刺激する匂いに、意識が攪乱される。口内に侵入した舌に舌を搦めとられ、濃厚なくちづけに息があがっていく。

「楽しみだな、自分はどうなってもいいと言いながら、結局、その心は誰にも開かない。誰とも触れあおうとしない。そんな男を快楽の地獄で狂わせるのも楽しいかもしれない」

「快楽の地獄？」

アシュは唇を離すと、志優の唇を指先ですっとなぞっていった。

「堕としたい、この高潔で崇高で、最低の、そして冷たい心を持った医師を」

「…アシュ……」

「堕ちるところまで堕ちてみて、それでもおまえが同じことを口にできるのなら解放してやろう、俺のハーレムから」

アシュは志優を抱きあげると、そのまま奥の寝室へとむかった。


「待って……どうして堕ちるところまでなんて」

「逆らうことは許さない。ここでは俺が法だ」

「そんな法には従えません」

ベッドに押し倒そうとする彼を突き放し、志優は反射的に窓へむかった。

窓をひらき、バルコニーに出る。

しかし眼下に広がる情景に愕然とする。

「……っ！」

窓の下は河になっている。いや、城の周りに堀があるのだ。

その堀の周りに緑地があり、城壁があって、さらに堀があり、その対岸には迷路のように入り組んだ都市が広がり、さらにその向こうには圧倒的な砂漠の光景があった。

絶望的な顔で佇む志優の背後で、アシュが鼻先でくすりと嗤う。振りむくと、アシュは尊大に腕を組み、窓枠にもたれかかってこちらを嘲笑するような眼差しを向けていた。

「逃げられるなら逃げてみろ。この城は天然の地形を利用した強固な要塞だが、地下は牢獄にもなっている。攻めるのも困難なら、脱出するのも困難」

志優は思わずアシュを睨みつけた。すると彼は快さそうに口元に歪んだ笑みを浮かべる。

「刃物のような眼差しだ。おまえでもそんな目ができるのか。たまらないな。いいぞ、そうやって反抗しろ。少しでも感情があらわになったおまえに触れるとゾクゾクしてくる」

「……っ」

「俺も同じだ。誰も信じないし、誰も愛さない。人豹の王として、この先、自分というものよりも、崇高なる国家建設を優先していかなければならない。だからこそ、おまえが欲しい」

「どうして」

「おまえに惹《ひ》かれる。憎い、復讐をしたいという気持ちもある。俺を捨てたおまえへの憎しみが糧となっていたのだからな。だが同時に惹かれてもいる」

「え……」

「惚れている。愛してはいないが、その医師としての無私の姿に」

「え……」

志優は硬直した。

医師としての無私の姿……？

「俺はおまえの医師としての信念に惚れた。それ以外のおまえは無私だ。自分というものを持たない。だからこそおまえに興味が湧く」

艶やかに微笑し、アシュは志優のほおに手を伸ばしてきた。

「だからといって、おまえを愛しているわけではないし、愛したいわけでもない。生涯、恋人も妻も作る気はない。誰かを愛する気もない。だが、ただの性欲処理の相手にするとは言っていない。惚れた以上、たっぷり快楽の虜《とりこ》にする。そして堕とすだけ堕とす。それでもおまえが医師として無私の生き方を保てるのなら、解放してやる。次の満月の夜」

わからない。この男はなにが言いたいのか。なにを考えているのか。

「ただし、この街の迷路から出られたらの場合だが」

「え……」

「まずはとことん堕ちてみろ。そして人間の内側にある最も醜いものを自分で確かめろ」

そういうことか。

さっき、志優が口にした言葉。人間にとっての敵は、内側に潜んでいる。その内側の敵を暴きだそうとしているのだ、この男は。

「……歪んでます、あなたは」

違う、自分の感情が表に出ないのは失いたくないからだ。

コンゴの内戦で父を失ったときの喪失感。醜い人々の権力や金銭欲。ああいうものによって、必死に生きている動物の命が失われるのも許せなかった。

ましてやその動物達を助けようとしている父やその仲間が殺されたのも。

そして母の絶望。父の死は、彼自身の死だけでなく、母の心の死も招き、同時に志優からも笑顔や愛を奪っていった。

だからこそ医師を目指した。そうした世界を少しでもなくすために。

それなのに、医科大学では、また醜い人間の心によって行き場を失ってしまった。

それなら一生懸命、現場ではたらきたいと思ってアフリカに来た。

けれどここでも密猟者やブローカーの存在、そして一部の金満家たちによって貧困の人々を救うことができないことにどれだけ無力さを噛み締めたことか。

黒豹だってとことん世話がしたかった。

けれど密売人や将軍にみつかったら大変なことになる。そう思って手放そうとしたのだ。

「ぼくは絶対にそんな心を持ちません。堕としたいならとことん堕としてください。でも負けません」

志優はアシュを睨みつけた。

「なら、証明してみせろ」

低く冷徹な声でアシュがそう言ったとき、志優の視界は完全に彼の黒い影に覆われていた。


「ん……ん……っ」

小さな乳首にアシュの舌が絡みついた途端、志優の口から熱い吐息が漏れる。たちまち皮膚の下で発情の火が灯り、欲望のたがが外れて身体が熱くなっていた。

「ふ……ん……っ」

薄い胸の皮膚を揉《も》みしだかれ、舌先を絡ませながら甘噛みされると、たちまち腰のあたりに甘い快楽が走り、じんわりとした熱がこもり始める。

「あ……ああっ……はあ……っ」

どうしよう、困る。乳首が勃起したように固くしこり、志優の下肢は、意思とは関係なく、あのジープでの愉楽を思い出して勝手に甘く疼き始めている。そんな己の反応が怖い。

とまどう志優を煽るかのように、彼は後ろに甘い香りのする不思議な液体を練りこんできた。

「それは……っ」

何かが溶け出したとたん、いきなり腰がカッと熱くなり、志優の全身が汗ばみ始める。息が上がり、身体が上気してくる。

「ん……っふ……っんん……な……これは」

「この前、口から飲ませた媚薬とセットになったものだ。この前の媚薬によっておまえは俺にしか発情しない身体になった。そして今度は自分から俺を求める媚薬をおまえの身体に吸収させた」

「ん……あっ……」

たまらない、じわじわとそれが粘膜に溶けるにつれ、腰のあたりが勝手に欲望を求めて悶えはじめてしまう。もっと乳首を吸われたい、揉み潰され、こねまわされたい。うずうずと疼いてどうしようもないこの後孔を自分からくつろげて、彼の肉棒を咥えこんで粘膜を擦りあげられたい。欲しくて欲しくて身体がびくびくと震え、性器の先端からとろとろととめどなく欲望の蜜があふれて切なさに耐えられなくなっている。

「こうするために、おまえをここにつれてきた。もうおまえの肉体は、俺のものだ」

冷酷に告げ、アシュは志優に唇を重ねてきた。

「ん……っ」

いけない。くちづけだけでも、この男が欲しくなってしまう。アシュの舌が口腔の奥深くを乱暴に貪っていく。

「やめてくださ……っ」

志優は必死に抗《あらが》った。そんな志優の肩を押さえつけ、アシュが嬉しそうにほくそ笑む。

「抵抗されると嬉しくなる。感情をあらわにするおまえはとても美しい」

「や……やめ……そんな……っ！」

裾を割って入りこんだ手が、ぐっしょりと濡れている性器を弄《もてあそ》ぶ。彼の足が腿を大きく割り、広げられた下肢の間に腰が押しつけられ、やがて熱く猛った感触が触れた。

「……ん……っや……お願い……」

アシュの指先にきゅっと胸の粒を弄られる。もう欲しくて欲しくてたまらない。下肢がきゅんと痺れ、後ろがわななないで彼の進入を待ち受けているのがわかる。

けれど自分からそれを示したくはなかった。最後のプライドだった。

「あきらめて発情に従え」

「いやです……誰が……」

「プライドが高いのはけっこうだが、しぶと過ぎるぞ」

「屈したくないだけです……こんな薬に」

意思とは関係なく肉体を支配するような薬物には絶対に支配されたくない。それなのに志優の肉体は彼から与えられる快楽を浅ましいほど求めている。耳の裏や耳朶にアシュが熱い舌を絡め、指先で乳首を嬲られるうちに背筋はぞくぞくと痺れ、下肢は甘い蜜でとろとろになって

いた。

「待……こんな……っ……おやめ……く……ん……く……ふ」

「いい目をしている。いつか……俺は……おまえに本気で溺れるかもしれないな」

ふっと予言めいた言葉を吐き、アシュは志優の腰をひきつけた。

アシュの指が体内に入り込んでくる。志優はそこを蠢く指の感触に身を震わせながら、肉体が喜びの声をあげていることに気づいていた。

咥えたい、彼が欲しい、と、身体が勝手に疾走していく。

「これから先、後宮でおまえ一人を愛《め》でてやる。だから俺のものになれ。俺は永遠におまえのものになってやる。だから」

耳に触れる吐息。祈るような言葉。濃厚に漂ってくる甘い薔薇の匂い。

「く……んっ……ふ」

欲しい。早く埋めて欲しいと、我慢の限界がきて、志優が口走りそうになったそのとき、そそり勃《た》った肉茎が入り口に触れた。

そのとたん、きゅっと体内が快楽を求めて収縮する。次の瞬間、狭い肉の奥に彼の剛直が沈み込んでいく。

薄い肉襞を捲《めく》りあげながら、猛々しいものに激しく全身を貫かれる。

「あ……あぁ……………く……っ！」

強くこすりあげられ、その摩擦熱に結合部の感覚が麻痺したようになっていく。

さらに志優の腿を高く抱え、アシュが荒々しく内奥を穿《うが》つ。ギシギシとベッドが軋み、天蓋が大きく揺れる。

「ああ……苦しい……ん……っああっ……う……あぁっ！」

「いい声だ、耳に心地いい……クールなおまえとも思えない声だ」

「誰が……声……なんて……」

そう、誰が出すものか。必死に唇を噛み、声を出すまいとする。

しかし自分の肌とアシュからの湧きあがる甘い香りに少しずつ脳が痺れたようになって思考がぐしゃぐしゃになりそうだった。

薔薇や睡蓮が入り交じった匂いが鼻腔をついてたまらなくなっていく。内臓を圧しあげられるような重々しい力が返って快感を生み、恥ずかしさや屈辱はいつしか消えてしまっている。

「ああっ、はあ……ああっ……っんんっ」

激しく腰を打ちつけられ、ガクガクとする。荒々しさを増していく抽送。そのたび、火花が散ったような快感が弾け、たまらなくなって志優は身を捩らせてアシュの腕をかきむしってしまう。

「痛い……爪を立てるな、もっと楽にしろ」

「……っ……無理……もう……ああっ……っ」

ぐちゅぐちゅと淫猥な音を立てながら抜き差しがくりかえされていく。つながった場所からじんじんと広がっていく快感に意識が陶然となり、自分がどうなっているのかわからない。いつしか甘い声をあげてよがり、快楽を求めて自ら腰を振ってしまっている。己の足と彼の足が絡まりあっていく。やがてアシュが体内で果てるころ、志優は同時に果て、意識を失っていた。

5

「ん……」

甘い吐息をつきながら、静かに眠っている愛しい男——志優の顔を、アシュはじっと見下ろしていた。

「志優……」

眠っているとき、この高潔な医者は、無防備な子供のような顔をするのだということに、こういう関係になって初めて気づいた。

だからこの一週間、情事のあと、疲れ果てて意識を失った彼の顔を見るのをアシュは密かな楽しみにしていた。

昼間は、人豹王国の国王として新大臣たちを集め、内戦で荒れた国内をどう立て直していくか、豹たちの繁殖をどう保護していくかなどについて、宮殿の奥で毎日のように話しあっている。

夜になると、アシュは後宮を訪れ、志優をほしいままに抱いている。

毎日毎日、少しずつ彼が警戒心を解き、表情が少しずつ和らいできているように感じるのは、自分の錯覚ではないと思う。

（本当はこれがおまえの素顔なのか）

髪を撫でながら抱きあげると、ぐったりとしながら胸に寄りかかってくる。こうして腕に抱くと思っていたよりも細く、衣服を着た姿で想像するよりもずっと華奢《きゃしゃ》で、とても軽いことに気づく。

「志優……」

アシュは眠っている彼にくちづけすると、黒豹に姿を変え、自分のなかで包みこむようにして眠りについた。

志優が目覚めたとき、アシュが人間の姿でいるよりも、黒豹の姿のときのほうが彼の顔が愛らしい気がするからだ。

どうしてなのかわからないが、そのほうが彼がくつろぎ、心を許しているように感じる。

（そういえば、仔豹のときも、彼は俺によく笑顔を見せてくれていた）

優しく話しかけ、頭を撫でてくれる手の感触がとてもあたたかくて、つい彼にじゃれついてしまった。

あの聖母のような笑みに、どれほど救われたかわからない。

父が暗殺され、母も妹も毒殺され、侍女とともに必死になって異世界に逃げこもうとした矢先、侍女も自分もバッサリと追っ手に斬り捨てられた。

あのとき、もう死んでもいいと思っていた。

両親も妹も使用人達も叔父に惨殺され、心が壊れかけていたのだ。

がんばらなければと思う。けれど誰のため、何のためにがんばればいいのか。

諦めにも似た気持ちでいたアシュに、叔父の追っ手がとどめを刺そうとしたそのとき、近くでテロがあり、侍女に連れられ、遺跡の外に出ようとした。

しかし侍女が力尽き、アシュも怪我で動けなくなり、もう本当にダメだと思ったとき、突然、現れたのが彼——志優だった。

命が失われそうになっているアシュにミルクを飲ませてくれ、優しく胸に抱いてくれた。

人肌のぬくもりであたためてくれた彼の胸のなかで、アシュは生きようという気力をとりもどしていったのだ。

その後、彼は侍女をスカラベの谷で埋葬してくれた。

あのとき、とても淋しそうな顔をしていたのを覚えている。

『ダメだな、弱音は吐かないよ。ぼくはぼくなりに信じたことを貫くために医療活動をしている。少しでも人の役に立ちたい、少しでも平和な社会のために。だから信じて歩いて行くよ。周りがどうであっても』

その言葉を聞いたとき、彼はとても素敵な人だと感じた。その信念、その笑顔、優しさ、ぬくもりに心惹かれ、気がつけば恋をしていた。

あのとき、思ったのだ。

頑張ろう、大きくなろう、そしてこの人に求婚しよう、この人がいたらきっとどんな困難なことでも乗り越えられる。そんなふうに決意した。

そう、王となって、この男をツガイにしようと。

黒豹の王は、ツガイの相手の良さや能力、長所を自分のものにできる。

男であっても女であってもいい。

アシュは志優を自分の伴侶にと考えたのだ。

だが、残念なことに彼はあっさりと密売人にアシュを売り渡そうとした。

うっすらと記憶しているハイレという男と志優との会話。ハイレは『先生も仲間ですか』と語っていた。密売の仲間なら、いいブローカーを紹介するとも。

その前後の志優の姿から、あれは聞き間違いのように思っていたが、その後、彼はアシュを廃屋に閉じこめ、将軍のところにむかった。あのときの絶望は忘れられない。優しさを示し、命の大切さを口にしていたのは、アシュの警戒を解き、安心させるためのものでしかなかったのか。

皮肉にも、そこを叔父が発見し、アシュを捕らえたのだが、あんな場所に志優がアシュを閉じこめさえしなければ、叔父に幽閉されることはなかっただろう。

その後、志優は将軍のところで男たちと遊んでいたようだが、クーデターが起き、将軍は捕まり、彼だけは日本大使館の力で助かったという。

あとで部下が調べてそのように報告してきたし、実際、本人に尋ねてもはっきりと否定はしなかった。

王族は、他の豹や人間のように交尾によって子をなすのではない。もちろん、互いの愛を確かめ合うために交尾はするのだが、後継者が必要なときに、ツガイ同士のＤＮＡを組み合わせた子が自然に誕生するのだ。

満月の夜、時空の歪みの間から。

いにしえより、おそらく神が造った生き物だと言われている。

尤も、オスとメスが結婚した場合は、当然のように普通に子ができる。だが、それは後継者にはできない。神が造った子ではないからだ。

アシュの妹がそうだった。

黒豹王も人豹も、もう志優たちの世界では絶滅してしまったという、人豹たちのための楽園を守り続けるのが仕事だ。

繁殖のときだけ豹になってしまう、他の人豹たちとは違い、黒い被毛を持つ王族のものだけは好きなときに人間になることも豹になることも可能であり、満月の夜とその前後の三日間だけ志優たちの世界と自由に行き来できる。

その理由は、人豹たちの王国を守るため。こちらにはないあちらの知識を学び、王国に活かせるようにするためだ。

その代わり、人豹王国に当たり前のようにごろごろと転がっている鉱物は、志優たちの世界ではダイヤモンドやエメラルドといった希少な石になり、高い金を対価として得ることができる。

その金であちらの世界で武器を仕入れれば、人豹王国を支配することができるのだが、そうならないよう、後継者はいつも純粋な黒豹になれる者一人と決められ、それ以外は排除されてきた。

無駄な権力争いを始め、人豹王国を滅亡させないためである。

だがそのタブーを破ったのが祖父母だ。

神から父を送りこまれながらも、自分たちが交尾してできてしまった凶兆《きょうちょう》の徴として誕生した叔父をそのまま生かしてしまったため、叔父が権力を求めるようになり、結果的に人豹王国を荒廃させてしまったのだ。

叔父は王になるべく、王族をことごとく惨殺していったが、アシュだけは殺せなかった。

何度も殺そうとしたが、最終的には神の祟りを恐れたらしい。父を殺したあと、皆既日蝕があり、疫病も発生したのが原因だろう。

幽閉し、名前と存在だけを利用しようと考えていたようだが、やはり神は正当な後継者を見捨てることはなかった。

アシュは自分を慕う軍隊に守られ、正統な王位継承者として名乗りをあげ、叔父の軍を排除し、自分の政権を作ることができた。

そしてツガイの相手にすべく、志優を迎えに行ったのだ。

憎しみなのか、執着なのかわからないまま。

『堕ちるところまで堕ちてみて、それでもおまえが同じことを口にできるのなら解放してやろう、俺のハーレムから』

うっかりそんなことを口にしてしまった。本当は手放したくないのだが、彼が一カ月経っても堕ちないのなら、次の満月の夜に解放してもいいという気持ちがないわけでもない。

自分でもよくわからないのだ。憎いのか愛しいのか。

『師として俺を導くのだ』

そう言ったはずなのに、舌の根も乾かないうちに後宮に連れていき、なぜ自分はあの様なことをしてしまったのか。

（この感情は何なのか）

最初に、純粋に愛しいと思ったときとはまるで違う執着心のようなもの。

それと同じくらいの重さで、自分を見捨てた彼への許しがたい感情が胸から消えようとしない。

叔父に幽閉されている間、アシュにとって志優への憎しみは生きる糧だった。

陽もささない暗い地下牢で鎖に繋がれ、ただ食事を与えられて生きているだけの日々だった。

目を瞑れば、残酷に殺害された両親の遺体や妹の死顔、侍女の姿がよみがえってきて、アシュを死の世界に呼び込もうとしているように感じた。

こっちへおいで。こっちに来れば楽になれる。こっちにきたら、おまえの愛する人がたくさんいる。こっちで家族みんなで暮らそう。

そんな声が幻覚となって聞こえてくるのだ。

そのまま意識をすっと失いそうになったり、力尽きたりするたび、アシュは志優のことを思い出して自分を鼓舞した。

初恋の相手。しかしアシュを裏切った憎い相手。いつか彼に復讐する。高潔な医師のような顔をして、ブローカーに黒豹を売ろうとして閉じこめた最悪の男。

彼に復讐するまでは絶対に死なない。なにがあっても生き延びてやる。

そうしていつしかアシュの体内に蓄積され、増幅していった憎しみをいざぶつけようとして、彼を陵辱し、ここまで連れてきた。けれどここにきてその気持ちが揺らいでいる。

「ん……っ」

黒豹の姿で彼を抱きしめていると、うっすらと志優が目を覚ます。目の前に人間のアシュがいると、警戒したような表情をするのに、黒豹だとほっとしたような顔をする。

そして甘えるかのように顎のあたりの被毛に顔を寄せてきて、また無防備な顔で眠りにつこうとする。

そのことに苛立ちを感じ、アシュは志優が再び微睡《まどろ》もうとしたそのとき、ふいに人間の姿に戻った。

「……っ」

変化したアシュを見て、それまで緊張を緩ませ、ふんわりともたれかかってきていたくせに、いきなり身体を強張らせ、寝台のなか、少し離れた場所に移動しようとする。

「なぜ、逃げる」

腹立たしさを感じ、アシュは志優の手首を自分に引き寄せた。

「王……」

「アシュと呼べ」

「無理です、王に対して」

その慇懃《いんぎん》な態度にいまいましさを感じたアシュは、横たわったまま彼を自分にまたがらせた。

「足を広げろ」

低い声で命令し、乱暴に彼の腰を持ち上げて、下から一気に貫いてやる。

「ん……ふ……っあ……あぁっ！」

ぐちゅっと音を立て、志優のそこがアシュを飲み込んでいく。夜ごとの情事ですっかりと爛《ただ》れてしまった粘膜をこすりあげると、当然のようにそこが熱く収斂《しゅうれん》しはじめ、きりきりとアシュのものを締めつける。

（たまらないな、心地よすぎる）

志優の腰をつかみ、アシュはわざと大きく彼の身体を揺らした。彼が腰を使って勝手に掻き混ぜているような、そんな体勢にさせながら。

「あ……っああっ」

腰をぐるりと回され、大きく揺さぶられ、志優はたまらなさそうに自分の胸をかきむしりながら、彼を歪めている。甘い声を吐きながらも。

「ん……っふ……っんん……ふ」

彼の内部の粘膜を圧迫しながら、アシュの肉塊がじわじわと膨張していく。

内側から広げられていく苦痛とも快楽とも言えない感覚に、志優がクールで理性的な顔を歪めているさまがたまらない。

何と悩ましい表情をするのか。唇が艶めいて誘うような色に染まっている。快楽に咽《むせ》び泣いているときの彼の姿はありえないほど美しい。

「あ……っふ…っ」

こんなふうにアシュから与えられた快楽によってよがっている彼を見ていると、どういうわけか心地よい気持ちになって胸がすいたようになる。

アシュに下から串刺しにされながら、今にも絶頂を迎えそうになっている表情に、ますます煽《あお》られ、アシュはさらに彼を激しく揺さぶった。

上下に揺らすたび、彼の肉の環に激しい摩擦熱が奔り、ギリギリまで抜いて、わざと衝撃を加えるように奥まで貫くと、内臓に加わる刺激に彼の腰がふるふるとわななく。

「あ……怖い……っん……っ」

絶頂に疾走していく身体を持て余したように彼が苦しげに言う。

「っ……怖くない……そのまま呑み込まれろ」

そういって、アシュは半身を起こして繋がったまま彼を抱き込む。胸と胸が密着したとたん、それだけで感じてしまうのか、彼の乳首がプツリと尖り、悩ましいほど肉感的にアシュの胸とこすれあう。

息もできないほど抱きこんで彼の乳首をさらに強く押しつぶそうとすると、こちらの乳首にもほのかに甘い快感が湧き、志優はこんなふうに感じていると思うと楽しくなってくる。

このところ、どれだけこんな時間を過ごしているか。

志優の身体はもう完全にアシュから与えられる快楽に溺れているようだった。

「ああ……ぁ…ぁ、ぁぁ……」

アシュにしがみつき、自ら悦楽を求めようとしている姿はとても美しい。沸騰しそうなほどの快楽に意識を陶然とさせているようだ。

アシュはさらに身体を密着させて彼の肉襞を広げ、荒々しい抜き差しをくりかえした。そのたび、髪をふり乱して身悶え、志優がアシュの背にキリキリと爪を立てていく。

「あ……あ、あっ……もう……王……あぁぁっ！」

これまで聞いたことがないような嬌声に、一瞬、アシュは動きを止めた。

「……っ」

目をひらくと、潤んだ彼の目と視線が絡む。充血したような、快楽に蕩けたような眸をしていてとても蠱惑的《こわくてき》だ。

「感じているのか。これが好きなのか」

わざと彼が羞恥を抱くようにあきれたように吐き捨て、ぐいっと突くと、背に食いこんでいた爪がアシュの肌をキリキリと掻く。

熟れた内部はたまらなさそうにアシュのものに吸着する。アシュはその肉の締めつけをさらにはっきりと味わいたくて、わざとずるりと屹立《きつりつ》をひきぬこうとする。

「や……いや……そのままで……っ！」

思わず口走ってしまったのだろう、その言葉が寝室に反響したとたん、志優はハッとしたような表情で顔を赤らめた。

とっさに彼が顔を背けようとしたが、それを阻み、志優は耳元で問いかけた。

「もう一度、言え」

「いや……」

さらにほおが赤く染まり、目元の皮膚は淡くわなないている。だがそれ以上に震えているのは、アシュを咥えこんでいる彼の体内だ。どくどくと音がしそうなほど大きく収斂し、羞恥と欲望との間で複雑に揺れる彼の心情がその表情からも体内からもびんびんと伝わってくる。

「頼む、もう一度、言ってくれ」

「いや……です」

「では、もうやめるぞ」

そんな気はなかったが、アシュがずるりと抜こうとすると、彼が泣きそうな顔で首を左右に振る。これまで見たことがない彼の愛らしい顔に、意地悪い気持ちが萎えてしまう。けれど欲望はさらに募る。

彼なりの精一杯の懇願かと思うと、たまらなく可愛く感じられるのだ。

「バカな男だ」

そう呟きながら、志優の頬にキスしながら、腰を抱き寄せる。

「あ……っ……っ」

抜きかけていたそれが再びすっぽりと彼の内側に入り込み、じわじわと膨らんでいくと、切なそうに志優が息を震わせる。

羞恥に頬を赤らめながらも、どこか満たされたようにしている。その複雑な表情がどうにも愛おしくてしかたない。

（バカは俺のほうか）

迷路に入り込んでしまったかのようだ、と思う。

この男が憎いのか、愛おしいのかわからないのだ。

惚れてはいる。それは認めよう。こんなにも彼を前にすると欲望が尽きないのだから。

だが、愛しているかと言えばどうなのかわからない。

憎んでいる。それも認めよう。彼への憎しみが生きる糧だったのだから。

けれどだからめちゃくちゃにして、いたぶりたいかと言えば、決してそういうわけではない。

自分で自分がわからない。

この宮殿をとりかこむ都市のように、いくつもの想いが複雑に絡みあい、交錯して、自分でもどこを彷徨っているのかわからないのだ。

「――――っ！」

カーテンの隙間から差しこんでくる明け方の光に、志優がはっと目を覚ます。

その様子を隣に横たわってアシュはじっと見ていた。

「……患者はっ？　急患は……」

志優がシーツを取り払ってベッドから降りようとする。しかし一瞬ののち、呆然とした顔であたりを見まわし、ホッと息をつく。

「そうか……ここは病院じゃないんだ。てっきり寝過ごしたのかと不安になったが」

ひとりごとのように呟き、志優は前髪をかきあげながら、隣に横たわっている黒豹姿のアシュを見下ろす。

うっすらと開けた目を前肢で隠して眠った振りをしながら、志優の様子を確かめる。

「そうか……そうだった」

ようやく自分がどうなっているのか把握したように、志優が息をつき、隣にいる黒豹のアシュに手を伸ばし、そのままもたれかかってくる。

彼がここにきて一カ月近くが過ぎた。もうすぐ次の満月である。

毎夜のようにアシュと激しい情交をくりかえしているため、彼の身体はすっかり快楽に慣れ、キス一つでしっとりとした肌になって、甘く芳《かぐわ》しい空気を放ってアシュを求めてくる。

睡蓮の香りのする媚薬を口から飲ませ、アシュにしか発情しない肉体にしたあと、薔薇の香りのする媚薬を下から粘膜に染みこませ、自らツガイを求めてしまう淫らさを本能として植えつけてしまった。

それゆえ、アシュが褥にやってくると、たちまち彼の身体は熱くなり、どんな体位でもどんな激しい行為でも柔軟に受け入れてしまうのだが、どうやらその心にだけは、媚薬の効果は行き届かないらしい。

「……アシュ……次の満月になって……ぼくが変わってなかったら、本当に解放してくれるのか」

黒豹になっているとき、彼は敬語を使ってこない。むしろ優しく語りかけるような口調で、子供かペットに話しかけてくるような雰囲気になる。

同じ生き物なのに、彼にとっては何かが違うのだろう。

人間のときには決して耳にできない本音を耳にし、さらには人間のときには決して見られない彼の本質のようなものが見えてくる気がして、黒豹の姿でいるときだけ、彼と心がつながっているような気がしてくる。

(皮肉なことだな。黒豹の姿で、彼と交尾したことはないというのに、心はこちらの方がつながっているように感じるとは)

それなのに、人間の姿になったときは、どれだけ深く身体を交わらせていようと、彼の心と交わっているような感覚を抱いたことは一度もない。

それがこのところ、アシュのなかで虚しさとなって募っている。

こみあげてくる空虚感にアシュがため息をつくと、心配そうな顔で志優がたずねてくる。

「アシュ……そんなにうずくまったりして……寒いのか」

こちらを案じているような優しい声。人間のときは裸でバルコニーに立っていても、どんなに冷たい風に吹かれていても、そんなふうに声をかけてくることはないのに。

――別に。

虚しさが頂点に達し、アシュは志優に背を向けて素っ気なく答えた。

体勢を変えたとき、前肢の甲に擦り傷ができていることに気づき、アシュは舌先でペロペロと舐め始めた。

「アシュ、その傷はどうしたんだ」

はっとして、志優は手にとった。様子を見ようとすると、アシュはざらりとした黒豹の舌先で志優の手を舐めてやった。

「こらっ、舐めないで。ちゃんと傷を見せるんだ」

命令口調で言ってくる。子供扱いしている。

わかっていないのか、この男は。昨夜、おまえを快楽でさんざん喘がせた男に向かって、なんなんだ、その態度は。

心のなかで彼を罵り、アシュは耳を下げ、尻尾を下げて彼から離れようとした。

「ダメじゃないか。これ、誰かに引っかかれた傷じゃないのか」

アシュの大きな前肢を手に取り、手のひらで肉球をぷにぷにと触りながら、志優はアシュの甲についた擦り傷に近くにあった消毒薬をかけた。

アシュはピクっと肩をすくめる。

——痛い、しみるではないか。

「しみるけど我慢して。化膿して破傷風にでもなったらどうするんだ」

——昨夜、おまえがつけた傷だ。

「え……っ」

——昨夜、感じるたび、何度もそこに爪を立てて、最後は引っ掻いてきたではないか。

アシュの言葉に、志優がカッとほおを赤らめて、視線をずらす。

可愛い反応だ。人間のアシュには決して見せないような。

「……そんなこと、覚えていない。確かに、昨夜、この部屋にきたとき、アシュに傷跡はなかったけど……。ああ、ごめん、それは悪かったな」

アシュはふっとおかしそうに鼻先で笑った。

——素直だな。抱かれているときと違って。

「え……」

——もう一カ月になるのに……おまえはいっこうに変わろうとしない。

「それは……いいだろ、そんなこと」

志優は黒豹に背をむけた。

起きあがり、アシュは黒豹の姿のまま後ろから志優を抱きしめた。舌先で彼の耳の裏を舐め、うなじや首の付け根にほおをすり寄せていく。すると振りむき、志優が淡く微笑する。

「ん……いい香りがするね」

志優は身体の力を抜き、安心したような表情でアシュの胸にもたれかかってくる。無防備で、無邪気な表情。何て可愛いのだろう。黒豹の姿でいると、志優は子供みたいに甘えてくる。だが逆に彼のほうは彼のほうで、いまだにアシュを子供扱いしているようだった。

「一年前はまだ小さかったのに、すっかり成獣になって。……そんなに被毛はないけれど、艶のあるなめらかな毛がとても心地いいよ」

くんくんと胸に顔を近づけて息を嗅ぐ彼の様子に、アシュは呆れたように苦笑し、かぷりと志優の耳朶を甘噛みした。

「ちょ……何す……っ」

突然の行動にびっくりしたのか、アシュの大きな前肢を払おうとする。だがぎゅっと力強く抱きしめてやると、彼は身動きが取れない。

「アシュ……もう……頼むよ」

そんなふうに口にする志優からは、人間のアシュといるときのような緊張感はない。

むしろとても愛おしそうにしてくれる。

彼のなかでは、相変わらず命を助けた黒豹の子供のままなのだろうか。

(俺の憎しみは誤解だ、ブローカーに売ろうとしてはいない……と彼は言い訳していた……がやはり俺の勘違いだったのか……)

私欲を貪ろうとするような男ではないように感じる。ただただ、医療に純粋にとり組みたいというだけの真面目で優しい男にしか見えない。

そう、最初にアシュが惚れた通りのままの、透明で澄んだ水のような心をしているようにしか思えない。

あれは自分の勘違いで、自分はこの男に見当違いな憎しみを抱いていたのではないか、と。

(でも……それならどうして、もっとはっきりと否定しない。……他の男とのことだって……俺が初めてだったとは、どうしてその場で言わなかったのだ)

志優のそうした性格がアシュには不可解でしかない。

調べたところ、志優は日本で医療ミスをして居場所がなくなったため、この地へと追いやられたらしい。

医療ミスをするような医師には見えないが、随分と大きな事件だったらしく、日本ではもう志優を雇ってくれる病院はないらしい。

医療本部での彼の評判もいいものではなかった。

誰とも打ち解けず、ニコリともせず、いつも険しい顔をして仕事をしている。綺麗なので、声をかけたがっている者も多かったが、口説かれてもまったく反応を示そうとはしない。

その一方で、複数の男たちにいくらでも自分とやってもいい、でもコンドームをつけて欲しいと言って装着方法を教えようとしたり、女性とするよりも自分を犯して欲しいとたのんだりする変人という評判だった。

ただし気に入らない相手がいると、怪しげな東洋の呪術を使って、急に目の前の人間を病気にしたりすることもするとか、しないとか。

誰とも個人的に親しくなることはなかったが、ブローカーと繋がっているハイレという男にはニコニコとして話をしていた。

確か自分が赤ん坊のとき、彼がハイレと話をしているのを検問所で耳にしたことがある。

豹の死体しか見つけられなくて残念だったという話をしていた。

それゆえ、彼はそういうものを探しているのではないかという疑念が湧いた。

だが、黒豹を見つけたら教えて欲しいというハイレに対し、彼はそんなものは知らないというような嘘をついていた。

疑念はあったものの、きっと彼はアシュを守ろうとしているのだと信じていたが、そのあと、彼はアシュを閉じこめて将軍のところに行った。

そのことを知ったとき、激しく裏切られた気分になり、ずっと志優への怒りを抱いて生きてきた。

だが、なにかが違っているような気がする。

——本当のおまえが知りたい。

そんな想いを胸に潜ませながら、アシュは志優の首筋に唇を近づけ、そっとその付け根を舐めた。ピクッと身体を震わせる志優の肩ごと自分の胸に抱き寄せ直した。

「ん……っ」

すると志優はアシュの胸にもたれかかり、首元にほおをすり寄せてきた。

不思議だった。人間のときの自分なら彼はきっとこんなことはしてこないだろう。

だからつい、アシュも人間のときと違って、彼が恥ずかしがるようなことはしない。

むしろそのときは決してできないような、それでいて、してみたくてどうしようもないことを試してみる。

たとえばこんなふうにただただ時間のなかをたゆたっているかのように、彼を自分の身体に包みこんで、その吐息やぬくもりを味わう。

そして、彼が寝息を立てて眠りにつくと、そのこめかみや耳の付け根、首筋、顎……と、あますところなく舌先で舐め、味わうようにその吐息を吸いこむ。

すると彼は甘えたようにアシュの顎のあたりの被毛に顔を寄せつけ、前肢に手を伸ばして、肉球を手のひらで握りしめてくる。

無意識のうちに甘えているのか、それとも楽しんでいるのか。

そんなふうにされると、アシュの胸の奥を優しい陽だまりにいるときのようなあたたかさが満たしていく。

はちみつをたっぷりとかけたバクラバを噛み締めたときのような甘さにも似ていた。

それなのに、人間のアシュの前ではこういうことは絶対してこない。

だからだんだんと甘い想いをしていることがとても虚しいような、反対に損をしたような気がして無性に苛立ってくるのだ。

おまえがそうやって甘えているのは、ペットの黒豹ではなく、いつもおまえを喘がせている男だぞ。敬語を使って、他人行儀に「王」としか呼ばず、どれほど快楽にまみれても、肉体を堕とされながらも、一言も「欲しい」とは言わず、いやだ、いやだと拒み続けている男だぞ。

それなのに、何で黒豹のときはそうやって甘えてくるのだ。同一の者なのに。

だから苛立つのだ。そして辱《はずかし》めたくなるのだ。もう一度、彼が誰に抱かれているのか、はっきりと自覚させるため。

「志優……」

こういう感情を何というのだろう。仔豹のとき、ただただ彼を好きだなと思った感情とはまた少し違う。

「なにを考えているのだ、おまえは」

苛立ちが高じ、たまらず人間になり、アシュは志優の身体を上から押さえつけた。ビクッと身をすくめ、志優は眸を眇めてアシュを見上げた。

まただ、また警戒心を宿した目でこちらを見ている。黒豹を見るときのような優しさもあたたかさもない。

「そんなに黒豹が好きか」

思わず声を荒げて問いかけると、志優は困惑したように目をパチクリとさせた。

「答えろ、そんなに黒豹が好きなのか」

「黒豹を好きかって……どうしてそんなこと……」

「べったりと甘えてくるからだ。身体をすり寄せたり、キスしてきたり。獣相手にベタベタして、いやらしいやつだ」

自分でもなにを言っているのかわからない。支離滅裂だと思った。だが、無性に腹立たしかった。彼の態度が違うことが。

「いやらしいだなんて……ひどい言い方をなさるんですね」

「どこが。本当のことではないか。人間よりも黒豹と交尾がしたいのか」

「何ですか、それは」

「差が激しいと言っているのだ。黒豹に対しては優しく、あたたかいのに、人間の俺に対しては、冷たい態度をとる」

「それならあなたも同じではないですか。黒豹のときは、とても優しくて、あたたかいのに、人間になったとたん、冷たく、傲慢《ごうまん》で」

「俺が傲慢だと？　どこが」

志優は知らないかもしれないが、これでも随分と国民には評判がいいのだ。

叔父の圧政に苦しんでいた人豹たちの間で、アシュはさすがは正統な後継者、さすがは違うと言われているというのに。

もちろんまだ叔父を倒して数カ月。国はまだまだ乱れているが。

「……いえ、言葉を変えましょう。傲慢というわけではありません。悪人です」

「な……悪人だと。俺がか」

「はい」

志優は頷いた。

「最初は、あなたを見捨てたぼくへの罰だと思って……あのジープのなかでの陵辱も仕方ないと思いました。けれど今の言葉はひどすぎます。黒豹に対しては。心底愛らしいと思ったから……慈しんでいるのに、交尾とか、どちらが好きとか、どうしてそんな低レベルな言い方をするのですか」

「低レベルだと、俺がか？」

「ええ。ぼくが動物の子供が好きなのは野生動物の保護をしていた両親のところにいたときからです。ハイエナと豹の子供の世話をしていて……ふわふわとしたハイエナの赤ちゃんや豹の赤ちゃんをよく可愛がっていて」

「豹とハイエナとを同列に扱うな。俺がハイエナと同等に扱われている気がして不愉快だ」

「あなたよりもハイエナの方がずっと可愛いですよ」

「何だと」

「ハイエナは少なくとも……ぼくの仕事の邪魔はしません。こんなふうに無理やり嫌がる人間をハーレムに閉じこめ、快楽を与え、性的に蹂躙《じゅうりん》し続けるようなことはしません。医師として働く機会を奪うようなこともしません」

今日の志優はめずらしく雄弁だ。黒豹と交尾がしたいのかと訊かれ、頭にきたのだろう。いつになく目に怒りをにじませ、強い態度で言葉を返してくる。こちらへの軽蔑すら漂わせて。

それがアシュには、どうしようもなく嬉しかった。彼が正面からむきあってくれている気がして。

自分はそれほどまでに志優からの感情に飢えていたらしい。と、心の中でアシュは自嘲した。怒りや軽蔑の眼差しをむけられることにすら、こんなにも胸を震わせ、幸せを感じるとは。

「そんなに医師として働きたいのか」

「当然です。あなたが王であるように、ぼくは医師なのです。少しでも人の役に立ちたい、少しでも平和な社会になるように協力したい、少しでも大事な人が大事な人を失わないで済むような世の中にしたいと思って医師を志したのです」

その言葉にアシュは目を細めた。

「大事な人を……失ったことがあるのか」

「……ええ」

一瞬、胸が痛くなった。この男にそんな人間がいたことになぜかひどく傷ついた。

「恋人か？」

「いえ」

「では、誰だ」

「両親……です」

両親という言葉に、思わずほっと安堵していた。

「いつ失った？　確か、父親はコンゴの内戦と聞いたが」

「そうです。目の前で殺されました。父の友人や……ぼくが世話をしていた野生動物の子供たちも次々と」

「母親は？」

「母は……帰国後に。父の死から立ち直れず、そのまま心を病んで……」

「病んで？」

「心を壊してしまったのです。肉体の死も死ではありますが、心の死も死のように感じました」

刹那、いつもは冷静そうに見える志優の眸がかすかに潤んでいることに気づいた。

「心の死か」

「はい。だからあなたの復讐を受け入れようと思ったのです。ぼくは決してあなたを閉じ込めるつもりはなかった。あなたを助けたかった。軍隊が探していたのがわかったので。あなたを逃がしたことでぼくが逮捕されることもわかっていたので。だからすぐに逃げられるよう、わざと鍵をゆるめて。けれど結果的にあなたが敵に見つかって、捕らえられてしまったのなら、ぼくのしたことは間違っていた」

そうだったのか。彼は逮捕されることがわかっていたから。

「だが、俺を助けようと思ってしたことではないのか」

「でも、結果がダメならダメなんです。医師として、どんなに患者を助けようと思ってした行為でも、結果が失敗では、どんな思いやりも信念も意味はないのです。決して判断を間違ってはいけない、いつもそう思って仕事に取り組んできました。けれどあのときはあなたをどうやって守っていいかわからなかった。そして失敗してしまいました」

「志優……」

「あなたを危険に晒《さら》してしまいました。あなたからの行為がその報いなら、ぼくはいくらでも受けます。でも、医師として働く場を与えてください。それがなければ、ぼくの生きている意味がないのです」

何ということか、やはり自分の勘違いだった。

この男が黒豹を売って、金儲けをしようなどと考えることはないのだ。おそらく自分が思っていた以上に、志優は高潔なのだ。

本気で守ろうとした。だが守れなかった。その報いをどんな形でも受け入れようとするほど彼にとっては許せないことだったのだ。

そんな彼が果たして、ブローカーに自分を売ろうとするか。

その彼が医療ミスをごまかそうとするだろうか。

これまで見えなかったものがはっきりと見えてくる。水が少しずつ澄んでいくように。

(違う……彼はそんなことをしていない)

あのときはわからなかった。いや、そのあとも、ずっとずっとわからなかった。

そう、わかるわけがないのだ。志優は自分などよりもずっと大きな心を持ち、もっと深い眼差しで世界を見ていたのだ。

今、己がとてつもなく愚かだったことを悟った。

悪かった、これまでのことは誤解だったとわかったと言いたい。

けれど口から出てきたのは憎まれ口だった。

「さすが高潔なお医者さまは言うことが違うな。だが年下のバカ王にはおまえの崇高さが理解できないよ」

素直に彼に謝罪できないのはどうしてだろう。

恥ずかしいというのもあった。己の愚かさが。と同時に、ここで謝罪してしまうと、彼が離れていく気がした。

自分の間違いを認めるということは、復讐の意味がなくなるということだ。

復讐という形以外で、彼をつなぎとめることができないのがわかるからだ。

彼に愛されていない。こんな自分が愛されるわけがない。愚かで、傲慢で、どうしようもない男が。だからこそ。

「そんなに俺が嫌だというなら、おまえを解放してやろう」

これは賭けだった。

「え……っ」

志優が大きく目を見ひらく。彼がどの答えを選ぶのか。少しでも彼のなかに自分への想いがあるかどうかの。

「一度だけ、チャンスをやってもいい。決して俺に媚びようとしないその自尊心に敬意を示して。これは俺とおまえの闘い、いや、ゲームだ」

「ゲーム？」

アシュは心の揺れを見せまいと、わざと冷ややかに微笑した。志優が息を呑む。

「そう、こっちへ来い」

アシュは志優の腕を引っ張り、バルコニーへと出た。

宮殿のバルコニーからは、眼下に広がる街が一望できる。

「この下に広がる街は、モロッコのフェズ・エル・バリに酷似している」

「モロッコのフェズに？」

モロッコのフェズ・エル・バリ。迷宮都市といわれているその都市は、九世紀から続いている古い城塞都市で、一万三千の路地と千の袋小路があるらしい。

「ここはそこまで大きくはないが、九千の路地と袋小路がある。この街の東門をでたところから砂漠を一時間ほど走り抜ければ、例の遺跡に到着する」

「例の遺跡？」

「そう、時空の歪みのある場所。おまえの世界とこの世界とがつながっている場所。俺、あるいは王位継承者が認めたものだけが満月の夜の前後三日間、通り抜けできる場所だ」

「……」

志優はバルコニーの手すりに近づき、街の向こうに広がる砂漠に視線を向けた。

「解放してやろう。明後日、満月の夜に。おまえがあちらの世界に行くことを俺が認めよう」

「では……向こうの世界に帰っても」

「そうだ。元の世界の、ちょうどおまえがいなくなった日の翌日に戻してやる」

「そんなことが可能なのですか」

「ああ、こちらとあちらが満月の前後三日間同士をピンポイントでつなぐことは可能だ。この世界を守るため、王たる俺にのみ与えられた力だ。それをおまえのために使ってやる。ただし、条件がある」

志優がじっとアシュを見つめる。その黒々とした美しい眸をじっと見つめ、アシュは浅く息を吸い込んだ。

これは賭けだ。彼の心への。愛して欲しい、残って欲しいと自分から伝える勇気がない己の心の弱さ。これまで彼にしてきたことを思うとできない。

だから彼の意思に賭ける。彼の中に一ミリのアシュへの情、ひとかけらの同情や友情のようなものすらなく、彼が元の世界に帰ることしか考えていないのなら、あちらの世界に返すしかない。

想像しただけで身体が引き裂かれそうで、生きていけそうにないが、それでも彼の中に自分への嫌悪しかないのなら、このままここに彼を留めておくのは不幸なことでしかない。

せめて……せめてもの謝罪を込めて、彼を解放する。

「条件とは……？」

「おまえが……自力で、この迷宮都市を抜けられれば」

「自力？」

「そう、この都市は心の鏡だ。おまえの中に本気でここから解放されたい、逃げたいという執念が勝《まさ》れば、街は自然と道を開き、遺跡に続く道へとおまえを導くだろう」

「意味がわからないのですが」

「もし、おまえが本気であちらの世界に戻り、俺のいないところで人生を送りたいと心の底から望むのだとしたら、街はおまえをすぐに出口へと連れて行ってくれるということだ」

その言葉に、志優はゴクリと息を吞んだ。

「では……もし街から抜けられないとしたら」

「諦めろ」

「……っ」

志優は唇を震わせた。

「なにを諦めろというのですか。なにによって諦めなければならないというのですか」

「おまえの中に、ここに残るべきか、あちらに帰った方がいいのか、戸惑いや迷いがあれば、それが心の鏡となって、迷宮都市から抜け出すことができなくなる。そして俺の前へと戻ってくることになる」

「あなたの元に？」

「そうだ、迷いがなければ、この街の出口へ。迷いがあれば迷路で迷子になり、俺のいる場所へと勝手に戻ってしまう」

志優は首を大きく左右に振った。

「それはない……あなたのところに戻ることはないと思います」

「それならそれを強く念じろ。そのとき、遺跡の向こうに戻れる。そして戻ったあとは、俺のこともこの世界のこともすべて忘れて、元の生活を送ることができるようになる」

「あなたのことを……忘れる？」

　アシュはうなずいた。

「そう、黒豹のことも俺のことも、すべて忘れて。おまえのなかに埋めこんだ発情の種も消える。俺以外の人間にも発情できるようになる」

「そんなことが可能なのですか？　だって一生、あなた以外に発情しないと」

「そう、そういう身体にした。だが、おまえにチャンスをやるのだ。黒豹の王がツガイの相手と別れるときの儀式だ。正式な婚姻の前だけ可能なことだが、ツガイと選んだ者が心と身体から黒豹の王の存在を忘れたいと願ったときだけ可能になる。俺とおまえはまだ正式に婚姻していない」

「え、ええ」

「今はただのハーレムの愛妾でしかない。だからその間におまえにチャンスをやるのだ」

「ここから逃げて……元の世界に戻って……あなたを忘れて？」

「そうだ。だから試してみろ。これはおまえと俺のゲームだ」

「……わかりました」

一瞬の逡巡《しゅんじゅん》のあと、志優がうつむく。アシュは艶然と微笑すると、志優を抱き寄せた。

「満月は明後日。それまでは、まだおまえは俺のものだ」

「王……」

アシュは志優のあごを掴み、唇を近づけた。

明後日、そのとき、彼を手放すことになるのか、それとも。

(この賭けに……俺は勝てるのか)

彼のなかに少しでも自分への思いがあるかどうか。愛でなくても、彼のなかで、ひとかけらでも情があれば、少しでもアシュを忘れたくないという思いがあれば、彼はこの世界から脱け出せない。だが彼が本気でアシュを忘れたいと考えているのなら、そのときこそ、永遠の別れだ。

6

ゲーム、彼とのゲーム――。

満月が空にあがったと同時に、志優は城を飛びだした。

二度と彼とは会わない。思い出さない。彼を忘れる。それでいい。

そう思って迷宮都市に飛び出したのだが、数時間後、志優は自分の心が迷路のなかをさまよい、袋小路で立ち止まっていることに気づいた。

(逃げるチャンスだったのに。元の世界で生きていくチャンスだったのに)

幾千もの路地と袋小路に包まれた迷宮都市。

逃げても逃げても逃げることができない。

迷路のようになった路地裏から志優は一歩も外に出ることができなかった。

『どうした、志優、もう弱音を吐いているのか、おまえらしくもない』

彼の声が聞こえるような気がして、負けるものかと自分を鼓舞して進んでいく。

『一度だけ、チャンスをやってもいい。決して俺に媚びようとしないその自尊心に敬意を示して。これは俺とおまえの闘い、いや、ゲームだ』

たった一度のチャンス。絶対にここから抜けよう、そして元のように医師として頑張ろうという気持ちを抱き、街に飛び出した。

だが、それなのに、心のどこかでこのゲームに自分が負けるような予感がしていた。

このまま元の世界に戻って、アシュを忘れて生きていけるのか。

彼との濃密な一カ月を忘れることができるのか。

そんな己への問いかけ。

彼がどんな目で自分を見ているのか知っている。復讐と言いながら、切なそうな目を向けていることに気づいている。そしてその目の向こうにある真実を知りたがっている自分がいる。

けれど知ってしまうのが怖くて、志優自身が己の心の真実に目を背けようとしていることも。

（黒豹の彼といるときだけ……彼に対して素直にできるのは……人間の彼に対してどんな態度をとっていいかわからないからだ）

憎しみと切なさ。どちらが本物かわからない。だからつい突き放すような態度をとってしまう。

本当は人間の彼へも慕わしさを感じ始めているのに。

彼がどんな人間なのか、一カ月も一緒にいればわからないわけではない。

（でも……彼をどんなふうに思っていいのかわからない）

そもそも誰かとこんなふうに突き詰め合って生きてきたことがない。

だからわからない。憎しみや愛情が相反するような想いというものが。

これまでは、幼いころの目標に向かってただただ突っ走ってきた。

国際的な医療支援活動をして内戦や感染症で苦しむ人を少なくしたい。

子供や野生動物たちが犠牲になるようなことがないよう、少しでも協力したい。

そんな単純な目標に向かって。

所詮は綺麗ごとだ、自分一人がなにかしようとしたところで世界は大きく変わらない、ただ自分が満足するためにやっているのではないか。

そうした自問自答をいつもくり返しながら。

けれど目標や夢は単純であればあるほど一途に突っ走ることができると信じて。

それでも孤独感がなかったわけではない。

そんな毎日のなかで、誰かと触れあう勇気は持てなかった。

愛する人間を失くし、さらにはそれゆえに心が壊れてしまった愛する人間からふりむいてもらえなかったときの哀しさ。

『気持ち悪い笑顔』

母にそう言われてから、感情を表に出すのが怖くなり、自分というものをどう表現していいかわからなくなった。

いっそ感情なんてないほうがいい。医師として崇高な理想にだけ突っ走って生きていけば、他者には喜ばれるし、助けることもできる。

と同時に誰も自分を傷つけることはない。

だから一生涯、一人でいい。性的なこともやってもやらなくてもどっちでもいい。やられてしまっても気にしないでおこう。人間らしい感情や人生を求めるのはやめよう。ただただ医師としての目標に向かう人生が歩めればそれでいい。

そんなふうに考えてきた。人間らしい感情や人生を求めるのはやめよう。ただただ医師としての目標に向かう人生が歩めればそれでいい。

（でも……そんなものじゃなかった）

アシュに誤解されたままとはいえ、あのような行為を強要され、最初は恥辱を感じた。今もあれが正しい行為とは思えない。

けれどその一方で、誤解とはいえ、自分はそれだけのことを彼にしてしまったのだ、傷つけてしまったのだという申し訳ない気持ちがある。

自分がそこまで他人を傷つけてしまうことがあるなんて考えたこともなかった。

そして変な話だが、そこまで他人と関わることがあるなんて。

たとえ憎しみや怒りでも、あのような感情を向けられ、志優は嬉しかった。

自分でもどこかいびつで、どこかおかしいのではないかと思うが、これまで他者から生身の感情をぶつけられたことがなかったせいか、たとえそれが負の感情であったとしても、嫌なものに思えないのだ。

むしろ嬉しく思ってしまう。

(きっと……だから、ぼくはこの迷宮都市から逃げられない、そんな気がする)

アシュが愛しいのか、それとも愛しくないのか、自分の本当の気持ちがわからない。迷宮にまよいこんだように答えが見えない。

黒豹のアシュといると間違いなく愛しさを感じ、ずっとよりそっていたいという慕わしさが湧いてくる。けれど人間のアシュを前にすると、どうしても自分の感情を持て余してしまう。憎しみの目を向けられ、執着されることに仄かな喜びを感じる一方、ふいにこみあげてくる虚しさに悲しくなったり、時折、見せてくる熱いまなざしに狂おしくなったり……彼にふりまわされている。

これまで誰にもこんなふうに感情を揺さぶられたことがなかったのに。ひとりの人間として、こんなにも誰かに心を支配されることなどなかったのに。だから怖い。彼への己の感情が。

その夜結局逃げることができず、アシュの元に足が進んでしまった。愕然とする志優の心の迷いを打ち砕くかのように、アシュは下町の宿に志優を連れこみ、肉体を求めてきた。身分も立場も忘れて、ただただ欲望を貪る獣のように過ごしたあと、志優は再びハーレムに連れもどされた。

「よく憎い男のもとにもどってきたものだ」

ハーレムに戻るなり、アシュはあきれたように言った。

「別にあなたを憎んではいません」

「なぜ憎まない」

「憎しみにエネルギーを使いたくないんです」

「志優……」

「ぼくはただ……平和で幸せな社会のために自分が役立てればそれでいいと思っているのです。

だから誰かを憎んだりする気はないのです」

「日本にいたときもそうなのか」

「え……」

「医療ミスの濡れ衣を着せられたときだ」

「ああ、あのときのことですか」

「やはり濡れ衣だったのだな」

「え、ええ。いつそのことに気づいたのですか」

この前まで、志優が医療ミスをしたと思いこんでいたはずなのに。

「ミスをするような人間に思えなかったのだ。だから濡れ衣を着せられたのではないかと疑った。案の定そうだったのか」

「……ミスはしますよ……あなたを隠したときがそうじゃないですか」

そのことにアシュはなにも返さず、視線をずらした。

「だから、俺から復讐されても憎まないというわけか」

「違います、憎しみによって、その後の人生を左右されたくないだけです。医師として必要のない感情は持ちたくないのです。だから……」

というのは半分本当で半分ウソだ。

本当は怖いのだ。愛するのも怖い。憎むことも怖い。感情を左右されるようなことすべてが怖いのだ。

「それが本当だとしたら、おまえは高潔な医師を通り越して偽善者だな」

「偽善者？」

「そう、そんなことは綺麗ごとだ。虫唾《むしず》が走る」

吐き捨てるように言われ、なにも返せず志優はうつむいた。

綺麗ごと、虫唾が走る、偽善者……。あまりにも当たっていたからだ。

「どうした反論しないのか」

アシュが問いかけてきたそのとき、ハーレムの庭園にアシュの側近が現れた。

「すみません、国王陛下、少しよろしいですか」

側近でもあり、護衛でもあるネチェルという男性だった。

「少し待っていろ」

アシュは志優に背をむけ、庭園にむかった。そのとき、アシュが指輪を落としたことに気づき、志優はあとを追った。

「王、これを……」

庭園に出ようとしたそのとき、他に数人の護衛がいて、その中央に美しい女官の一人がいることに気づき、足をとめた。

ハーレムに食事を届ける女官で、ゴージャスな美貌の女性なので印象に残っていた。

緊迫した雰囲気に、話しかけてはいけない気がして、志優は棕櫚の木の陰から様子をうかがった。どうやらその女官がスパイだったらしく、護衛がそれに気づき、アシュに報告にあらわれたところだったらしい。

「叔父のスパイか。バカなことを。どんな美女を送りこんでも無駄なのに」

アシュが連れていけと命じて、女性が護衛たちに連行されていく。

一人残った側近のネチェルが呆れたように言う。

「国王陛下、女官にスパイがまぎれこんだのはあなたの責任ですよ」

責めるように言う彼は、アシュよりもおそらく十歳くらい年上のようだ。

「何だと」

「あなたがさっさと志優さまをツガイとして発表なさらないから」

「まだその時期ではない」

「いいえ、国民はあなたの一刻も早い婚姻を望んでいます。いつまで愛妾のままにしておくのですか。時間があると、ハーレムに居座って、彼の側から離れようとしないのに中途半端な関係のままで」

あの様子では、ネチェルも国民もアシュが志優と結婚することを望んでいるのか？

「おまえには関係のないことだ」

冷たく返すアシュに、ネチェルが問いかける。

「志優さまが怖いのですか」

その言葉に、アシュが息をのむ。そして剣呑とした声で返す。

「怖いだと」

「そうです、嫌われるのを恐れていませんか」

「まさか」

アシュが呆れたように苦笑する。

「ネチェル、いくらおまえでも志優とのことに口だしするのは許さない」

「それは困りましたね。私以外に誰があなたに口うるさいことを言えるのですか」

「おまえには感謝している。叔父から幽閉されている中、牢獄に護衛として侵入し、叔父の目をごまかしながら、俺に帝王学や政治学をおしえてくれた。おかげで、今、国王として何とか仕事ができている」

「当然のことをしたまでです。私はあなたのお母さまの従弟《いとこ》であると同時に、あなたの教育係もつとめる予定でしたから。あなたを幽閉させたまま成人させてはいけない、あなたに学問と政治を教えなければと、叔父上の目を盗んで牢獄で勉強を教えてきました」

モンテ・クリスト伯のようだと思った。冤罪で牢獄に収監された主人公は、隣の牢の者から学問を教わっていた。そんなふうにアシュに、彼が知識を与えていたのか。だからアシュはずっと幽閉されていても、すぐに国王として明晰《めいせき》な仕事ができているわけか。

「ですが、国王陛下、私はあなたに肝心のことを教えられませんでした」

「肝心のこと？」

「人を愛すること、人を愛したときのコミュニケーション方法です」

「そんなものは教えられなくても本能で理解できる」

「肉体関係なら本能でも可能でしょう。ですが、愛をどう表現するかは本能とは違うものです」

「そんなことくらいわかっている」

「なら、志優さまへの態度は何なのですか」

「志優への態度に問題があるのか」

「好きなのでしょう？」

「いや」

「では何のためにハーレムの愛妾に」

「決まっているではないか、辱めたいだけだ」

辱めたいだけ。その言葉に、志優は淋しい気持ちになった。

アシュに執着されていることに心のどこかで喜びを感じながらも、迷宮都市のなかで踏み迷ってしまったのだが、もしかすると彼に執着しているのは自分のほうなのだろうか。

「辱めたいにしても、毎晩毎晩、志優さまだけを求めていらっしゃる姿を見て、叔父さまたちのスパイが志優さまを狙う可能性がないとも言えませんので」

「その点なら大丈夫だ。俺はあんなやつを愛していないし、どうだっていいと思っている。憂さ晴らしにただ弄んで楽しんでいるだけだ。叔父に殺されようが犯されようがどうだっていい」

吐き捨てるようなアシュの言葉に、志優は、やはりそうなのかと思った。

そう、自分のうぬぼれだったのだ。彼にとってはどうでもいい存在。

いや、彼にとってもどうでもいい存在なのだ。かつて母にとってそうであったように。

「では、他の女性や小姓をお召しになったらいいではないですか」

ネチェルの言葉に、志優は胸の奥が痛むのを感じた。

他の女性や小姓……。考えもしなかったのだ、アシュが他の者と褥をともにするということがあるなど。

「他の者か。おまえはそのほうがいいと思うのか」

「はい」

もうそれ以上、聞いていることができなかった。

(いやだ……耐えられない)

どうしよう、ふいに胸の奥にどうしようもない痛みが走り、志優は彼らに背をむけた。

わからない、どうしたのか、涙がでてくる。

こんなことは初めてだ。どうしたらいいのかわからない。気持ちが混乱している。

もしアシュが他の者を抱くようなことがあったらどうすればいいのか。

志優は寝室の奥にあるハマームに足を進めた。

ここにはいつもむっと湯気が立ちこめ、湯に浮かべられた甘い花の香りが漂っている。優美で繊細な模様のアーチが幾重にも連なった柱に囲まれ、床も浴槽も大理石でできていた。

志優は涙を流しながら、窓の外を見た。

満月の夜にだけ、元の世界と繋がっている異世界。

砂漠の果てにある低い山の峠や、赤茶けた土でできた遺跡、それから椰子の木々。

太陽は燃え盛るような光を放っている。

そして眼下に広がる迷宮都市。フェズ・エル・バリに酷似《こくじ》した街。

どうして自分はこの街から出ることができなかったのか。方向感覚を失なって、出口まで辿《たど》り着けなかった。今もそうだ。アシュのことになると、心の方向感覚を失ってしまう。

（ぼくは……アシュが好きなのか？　黒豹への慈しみたい気持ちとは別に……一人の人間としてアシュが）

そう思ったとき、またいつもの恐怖を感じた。誰かを愛してしまう恐怖。愛して心が囚われて、そして失ったり傷ついたりする。その恐怖。

（いやだ、そんなことは耐えられない。そうだ、アシュが他の人を抱くというのなら、ぼくはぼくにできる生き方を……そうだ、医師としてここで働かせて欲しいと）

そうだ、平静になろう。平静に、自分のすべきことを考えよう。

志優は頭のなかで静かにいろんなことを考えた。

彼がハーレムに別の者を入れるのだとすれば、自分はもう役目を終わらせてもらって、ただただ医師としてここで働かせて欲しいと頼もう。

志優は窓の外を見ながら、そんなふうに思った。

この国も内戦があり、ところどころまだ荒廃した風景が残っている。迷宮都市にも活気はあるが、こうして城の窓からみていると、病人や路上生活者の姿があちこちに見える。

彼らのために働きたい、病院を建てたい、そう頼んでみよう。

自分はそのためにここに残ったのだとアシュに言って。

(そうして、彼が新しい誰かをハーレムにいれたときこそ笑顔で……)

そんなふうに自分のなかで思いを整理し、平静になろうと、志優はハマームの洗面台でバシャバシャと顔を洗った。

そのとき、ぽとりと、首筋になにかが落ちてくることに気づいた。

「――っ!」

ハッとした次の瞬間、頭上から巨大なサソリが大量に降ってきた。

天窓から誰かが投げ入れたのだ。

「う……っ」

雨のように次々と黄色っぽいサソリが降ってきた次の瞬間、左内腿に鋭い痛みを感じた。

「く……っ！」

とっさに振り払ったが、凄まじい痛みが広がっていく。

猛毒を持ったオブトサソリが十数匹投げ込まれたようだ。

サソリの大群はそれ以上、志優を襲ってくることはなく、すぐに廊下へと逃げていったが、左腿に毒針の刺傷があった。

激痛に全身が痺れる。デスストーカーといわれるオブトサソリは猛毒の持ち主として恐れられているが、人間が死ぬ可能性は低い。あれだけの大群に一気に刺された場合は別だが、腿だけならすぐに毒を洗えばなんとかなるだろう。しかも心臓より低い位置なので毒のまわりは遅い。

「……っ」

医療バッグ。こちらにくるときに持ってきた医療バッグがあったはずだ。サソリの毒の血清ではないが、効果的な薬があったはず。

（いや、だめだ、あれはもっと猛毒のものに使ったほうが。さっき見渡したとき、この街だけでも多くの病人や負傷者がいた。医薬品は彼らのために使いたい。少しでも多く）

数少ない医療道具を自分に使いたくはない。

毒を洗い流そうとハマムの湯船の蛇口へと向かう。左腿を心臓より上にしてはいけないため、洗面台は使えない。しかしふいに目眩を感じ、志優はふらふらとした足取りで、湯の中に落ちて行った。

「志優、今、叔父がサソリを。あちらにもコブラがいたが……まさか」

アシュが驚いた様子で湯のなかに入り、志優の身体を抱きあげる。

「すみません……やられてしまいました」

痛み痺れが激しくなる。しまった、毒が回ってきているのがわかった。

「志優……っ……しっかりしろ……志優っ」

愕然としているアシュの表情に、志優は目をみはっていた。

どうして、彼はこんなふうに取り乱しているのか。どうして自分を案じているのか。

どうでもいい、殺されても犯されてもどうでもいいと言っていたのは、つい五分ほど前のことだ。それなのに、どうして。

「大丈夫です、腿なのですぐに毒はまわりません……ので……っ」

笑顔で冷静に答えようとしているが、息が荒くなり、声もかすれている。

心拍数、脈拍がすごい勢いで上がっているのがわかった。バイタルをはかりたいが、ここにそういう器具はない。

「早く、ネチェル、彼の医療バッグを。志優、すぐに必要な手当てをしろ。私も手伝おう。何かできることを。とにかく彼のバッグを早くこっちへ」

ネチェルに命じるアシュを、志優はとっさに止めた。

「待って。いけませんっ」

「志優……」

「必要……ありません」

「必要ない……だと」

「はい……貴重な医薬品を……自分には使いたくないので」

「何を言う、危険な状態なのに」

ネチェルが志優を抱いているアシュのもとにバッグを持ってきた。しかし志優はそれに触れようとはしなかった。

「これは……あなたの国民のために使いたい……のです」

「待て、だが」

「そのためにも、ぼくは……ここで死んだりしませんから」

「だが治療もしないでどうやって」

「少し荒療治ですが、これで何とか」

志優はアシュの腰にあった短刀を掴んだ。

「これを貸してください」

「それは構わないが……」

「お手数ですが……そこの燭台をこっちへ持ってきてください」

「あ、ああ。これでいいのか」

「ありがとうございます」

短刀の先を燭台の火で炙《あぶ》ったあと、志優は刺傷とそのまわりの腿の肉をえぐった。

「ぐ……っ」

そのままそこの血を出して毒を抜いていく。

「多分これで殺傷箇所のまわりの毒も……。なので……もう……」

猛毒が少し残ってしまったかもしれないが、致死量ではないはずだ。

「志優……なんてことをっ……傷が」

「傷くらい平気です。緊急の手当てには……慣れています。すみませんが、清潔な細長い布を何かいただけませんか」

志優は辺りを見回した。

「ああ、これを」

アシュが棚から白いターバン用の布を取り出す。

「すみませんが、これをいただきます」

アシュから布を受け取ると、志優は毒が回らないよう腿の付け根を紐で縛った。

「これでいいです……これでひとまず……やることは」

「そんなことを言って、どんどん顔色が悪くなっているではないか。自分に薬を使うんだ。解毒剤や何かがあるだろう。それに麻酔も」

アシュが動転している。心配してくれている。

「それは……もっと必要なひとが出てきたときに……使いたいので。できればこの国の傷ついている国民のために……」

「傷ついている国民だと？　こんなときになにをいいだすのかと思ったら」

その問いかけに志優は祈るような気持ちで言った。

「この国の様子を……見ていたとき、病人や怪我人、路上で生活している子供に気づきました……。どうか……そのひとたちのため……働かせていただけないでしょうか。そのために少しでも医薬品を残して……おきたくて」

「わかった。許可しよう、協力する。だから、もうなにも言うな」

「平気です……致死量の毒ではないです……少し熱が出るかもしれませんが……あ、ぼくが朦朧としていたら、水を飲ませるようにしてください」

「あ、ああ」

「多分……命は大丈夫だと……でも……言っておきたいことが」

今しかない、今、伝えなければ……という切迫感に駆られていた。全身の筋肉が引きつり、傷口が腫れ、呼吸もままならなかったが、志優は必死にアシュの腕を掴んで訴えるように言った。

「ぼくは……あなたの言うとおり……偽善者かもしれません……ぼくの言動は綺麗ごとに見え

るかもしれません……いえ……多分、ぼくは偽善者なのだと思います……綺麗ごとを口にして……綺麗ごとを並べることで……自分の弱さを隠して……傷つくまい傷つくまいとしている……弱い人間なのです……あなただけが……そのことに気づきました……」

「もう話をするな。頼むから」

志優を抱き、アシュが祈るように懇願してくる。けれど志優は憑かれたように言葉を続けた。

「だけど……やっぱり……無理なんです、怖いんです……あなたから見れば……偽善者のような生き方にしか見えなくても……他の生き方をするのが」

「いいから、もう話さないでくれ」

アシュが泣きそうな顔をしている。ひどく動揺して、アシュがアシュではないようだ。

志優は思わずふっと微笑した。

「何でこんなときに……笑う」

それはあなたが自分のことを案じてくれているのが嬉しくて。と、そんなことは言わないが、彼が必死になっていることに志優は歪な喜びを感じていた。

そうだ、彼だけがこんなふうに自分に執着してくれた。ずっとずっと。

幼いときから心のなかで失われていたもの、これまでずっと封印してしまったものを、彼が解き放ってしまった。

誰かを愛したい。誰かから愛されたい。

そんなとても単純で、人間として当たり前の感情を彼が解き放ってしまった。

医師だから平静であらなければ、医師だから感情的にはならないと自分に言い聞かせてきた本当の理由は――愛する者を奪われるショックや、愛する者から愛されなかったときのショックを二度と味わいたくなかったから。

そんな弱くて傷つきやすい自分を表に出すのが怖くて、これまで心というものの存在を殺し、自分への執着を持たないようにしてきた。

(だから……周りからおかしな目で見られていたのだ)

女性を犯すくらいなら、ぼくを犯せと言うなんて……今ならできない。

女性もぼくも犯すな、どうしても我慢できないなんてことはない、人間として許されないことだとはっきり言うだろう。それで殴る蹴るをされたって、誰にも抱かれたくない。アシュ以外に触れられたくない。

アシュが大好きだ。好きで好きでどうしようもないほど好きだ。自覚したとたん、想いがあふれて止まらない。

「あなたに……会えてよかった」

朦朧とする意識のなか、志優はアシュのほおに手を伸ばしていた。

何て哀しそうな、切なそうな目をしているのだろう。そして何て愛に飢えた目をしているのか。あの仔豹だったときとまるで変わらない。あのときと同じだ。

「あなたを……よかった……っ……」

あなたを好きになってよかった、そう言いたいのに、肝心なところで声がうまく出ない。もしかすると本当にこのまま死んでしまうのだろうか。

息が苦しい。身体がショック症状を受けている。サソリの毒にアレルギーがあっただろうか。

「っ……志優……しっかりしろ……」

はあはあ、と息を喘がせる志優に、アシュが愕然としている。

「……っ」

大丈夫です、死にはしません……と言いかけたが、声にすることもできず、志優はアシュの胸に倒れこんでいった。

こんなところで死ぬわけにはいかない。ようやくアシュが医師として働くことを認めてくれたのだ。だから死ぬわけにはいかない。サソリの毒で死ぬはずがない。

そう思うのに、このままアシュの胸で死ねたら幸せだという思いも芽生えている。

多分、そのくらい自分はアシュのことが好きなのだ。

いつのまにか、黒豹への愛おしさとはまったく別の形の、本当の意味で他人を恋う気持ちで。

この腕が大好きだ。この腕に抱かれていると安心する。

ハーレムでの情交のあと、目覚めるといつも黒豹が志優を抱いていた。

けれど、志優が眠っているとき、彼は人間の姿でもすっぽりとこの腕で志優を抱いていたはずだ。ぎゅっと強く、愛おしげに、そして狂おしく。

だからこの腕のなかで眠っている感覚に覚えがあるのだ。だから抱きしめられていると、心地よい眠りにつけそうな気がするのだ。

「志優っ、志優、しっかりしろ！」

哀しげな叫び声が耳に響き、こめかみのあたりにぽとりと落ちてくる雫があった。うっすらと目を開けても、アシュが強く志優の頭を抱えこんでいるのでなにも見えない。

アシュが泣いている？　自分のために？

いや、それはない。きっと毒で脳がどうにかなってしまい、自分の願望が見せた幻覚だ。

「志優……頼む、おまえを失いたくないんだ……頼む」

失いたくない、失いたくないという彼の声。ああ、これも幻聴だろうか。恨んでいる、憎んでいると言っていたアシュが。

泣いているアシュが愛しかった。

そして嬉しかった。このまま彼の腕の中で眠れるのは幸せだ。

「ダメだ、死なさない。俺の伴侶になれ」

「アシュ……」

彼は何をいっているのだろう。死なさないため伴侶になれとはどういうことなのか。

「いいな、俺のものにする」

「ぼくは……とうにあなたのものですよ」

「いや、本当の意味で。神に誓って、おまえを生涯の伴侶とする。おまえも俺の伴侶となってくれるな」

「……命が尽きないなら……もちろん……ですが……もう」

「いや、死なせない。何があっても。この先の人生は俺のために生きろ」

あなたのために？

（では、あなたも……ぼくを……想ってくれていたのですか）

ありえないことなのに、そうであったらいいのにと思いながら、志優はアシュの胸のなかでぐったりと力を失っていった。どうしようもない喜びとともに。

7

「――――志優先生、志優先生、聞こえますか」

その言葉にハッと目を覚ますと、そこには白い天井があり、ナース服を身につけた褐色の肌の女性看護師と日本人医師の姿があった。

一瞬、ここがどこで、一体、自分になにがあったのかわからず、志優は目を見ひらいたまま呆然としていた。

あまりに志優が驚いた顔をしているので、日本人医師はおかしそうに苦笑した。

「どうした？　意識が混濁しているのか」

なつかしい日本語。聞き間違いではない。日本語だ。それにここはあの病院だ。アシュの世界にくるまで、志優が国際医療協力のため、派遣されていた……。

「あの……ここは……どうして……ぼくは……ここに」

起きあがろうとしたが、怠《だる》さが残っていて動けない。見れば、腕には点滴の針が刺さっていた。

「ジョンと一緒に難民キャンプに行った帰り道、盗掘者に襲われて、森下先生の行方がわからなくなっていたので、心配したよ。盗掘者たちは遺跡の地下に落ちて行って、そこを逮捕されたようだが、先生は、丸一日、行方が分からなくて、私も帰国を延長して捜索を手伝っていたんだよ」

ジョンと難民キャンプに行った帰り道。アシュに異世界に連れて行かれたあの夜。あれからまだ丸一日しか経っていないというのか。

向こうとこちらでは時間の速度が違うという話だが、どういう仕組みになっているのかわからない。

「では、本当は……ぼくも先生も昨日帰国する予定だったのですね」

「そうだよ、残念ながら搭乗できなかったが。国際線の飛行機便は一週間に一度しかないので、次は来週だ。それまでには森下先生の体調もよくなるだろう」

「え……ちょっと待ってください。一週間後に帰国って」

志優はまだ重い身体を引きずるようにおきあがった。

わけがわからない。そもそも自分はアシュの腕のなかで意識を失ったのに。彼の世界にいたはずなのに、どうして元の世界に戻っているのか。

「もうこの国での滞在ビザも切れる。森下先生も私もいったん日本に戻らないと」

「いったん日本に……待ってください、あの……まだ……一体どうして自分がここにいて、今、どういう状況なのかがわからなくて」

するとと日本人医師は苦笑して言った。

「ああ、そうだね。森下先生は、明け方、運ばれてきたんだよ。まだ月のあるころに。砂漠でサソリに刺されて意識を失ったので手当てをしてほしいと、地元の人間が。一刻を争う危険な状況だったよ」

「危険な?」

「ああ。アレルギー症状があったので、もう少し遅れていたら命はなかっただろう」

やはりアレルギーのアナフィラキーショックが起きたのか。

これまで調べたときはそのようなものはなかったように思うが、こちらの生き物一つ一つの、どの毒にアレルギーがあるか調べたわけではないのでわかっていなかったらしい。

「それで地元の人間というのは……」

「ああ、それなら廊下にいらっしゃいますよ。あなたが目を覚ますまで待っているとおっしゃったので。お会いになりますか」

「はい、お願いします」


きっとアシュが連れてきたのだ。アシュは満月の前後三日間ならば、時間を短縮して、その翌日あたりに志優を戻せる力を与えられていると言っていた。だから志優を助けるため、そうしたのだろう。満月の前後三日のギリギリの間に。けれどそれでは、アシュがもうあちらの世界に戻れないのではないのか。

「……無事でよかった」

日本人医師が連れてきたのは、白いアラブ服に身をまとったアシュだった。

窓から射す朝陽が若く凛々しい国王を眩く煌めかせる。夜の闇のような眸、端麗な風貌、神々しいほど均整のとれた長身の体躯。見ているだけで愛しさがこみあげ、胸がいっぱいになる。

「あなたがこちらの世界にぼくを」

「そうだ」

「満月の前後三日間……今朝は最後の日でした。あなたはあちらの世界に戻れないのでは」

「その件なら心配しなくてもいい」

「ですが……」

アシュは志優のベッドサイドに近づいてくると、ほおに手を伸ばしてきた。

「血色がよくなっている。もう大丈夫そうだな」

アシュが安堵したようにほほえんだ。心の底からホッとしたようなその笑みに、志優は吸い込まれたかのように目が離せないでいた。

「どうした、まだ具合が悪いのか」

「あ、いえ……何でもありません」

どうしたのだろう。これまで見せたことがない、その清雅さ漂う澄んだ笑顔に、ふっと不安が胸に広がる。なにかを吹っ切ったような清々しさに満ちた表情。探るように見る志優からさっと視線を逸らし、アシュはくるりと背を向けた。そして口ごもりながら問いかけてきた。

「あのとき……どうして……」

「え……」

「どうして……よかったと言った?」

背を向けたまま、アシュが問いかけてくる。

「意識を失う前だ、どうして、よかったなんて」

「あ、ああ……」

意識を失う直前のことか。

ベッドのなか、志優は苦笑した。

「たいしたことではありません……毒のせいで幻覚を見て」

「幻覚？」

振り向き、アシュが目をすがめる。

志優は苦笑いを浮かべたまま、うつむき、呟いた。

こんなことを言っていいのかわからないが、言ってしまいたかった。

「あなたが……ぼくを心配している……そんな幻覚を見てしまって。それで……こみあげてくるものがあって」

そんなことありえないのに。彼は自分を憎んでいるのに。という思いもあったが、自嘲気味に言った志優の言葉に、アシュはぼそりと呟いた。

「幻覚ではない」

「え……」

驚いて顔をあげると、視線が合うのを避けるように志優がまた背を向ける。

「いや、なんでもない」

幻覚ではない、そう彼が言った気がしたが、聞き間違いだったのか。

それを尋ねたかった。もしかして本当に心配してくれたのかと。たとえ都合のいい解釈であったとしても、ほんの少しでもそうだったらどれほど嬉しいか。

けれど問いかける勇気がもてず、戸惑っているとアシュは別のことを口にした。

「医療活動の件、承知した」

「え……っ」

「医師として働き続けろ」

「い、いいのですか」

志優は拍子抜けしたような声で問いかけた。

「ああ」

再び、彼は振り返り、尊大に言った。

「ありがとうございます、でもどうして急に」

「何でおまえがいちいち礼を言うのだ」

「感謝を表してはいけませんか」

問いかけた志優を目を細めてじっと見つめ、アシュはやれやれと肩で息をついた。またさっきのような清々しい表情を浮かべて。そしてアシュは優しい声音で言った。

「感謝しないといけないのは俺のほうだ。だから感謝は必要ない」

アシュが志優のほおに手を伸ばし、手のひらで包みこんでくる。

「……すみません」

「謝るな」

「あ、はい」

「謝るのも俺のほうだ。俺を狙った刺客のせいで、おまえに辛い思いをさせた」

「あれは……やはり叔父さまの刺客だったのですか」

「ハーレムのあちこちに仕掛けられていた。他にもコブラや猛毒のパフアダーの大群が。それにペストのウイルスの宿主を迷宮都市にばらまいて」

「ペスト……ペストが流行しているのですか」

「その件はいい。こちらで特効薬のストレプトマイシンを調達する予定だ。おまえをこちらに連れてきたのもそのついでだ」

ついで。ああ、そのついでに連れてきてくれたのかと思うと、彼にそれほどの迷惑をかけなかったのだということがわかってホッとした。

「そうだったのですか。でもありがとうございます。おかげで助かりました」

「いや、こちらの問題で危険な目に合わせた。叔父はネチェルが逮捕した。まだ反乱分子はいるが、少しずつ国として安定していくだろう。今は政争よりも、国民の健康が最優先だ。この病気の蔓延が収まれば、国王として正式に就任し、国の安定のために尽くしていく」

「では、終息のため、薬を用意してぼくも協力を。国王と医師とが力を合わせれば、国の健康が迅速に取り戻せます」

「志優……」

「さあ、早く戻りましょう」

「まだ動かなくていい。こちらとあちらでは時間の流れが違う。身体が弱っているのに、ペストの手当てなどしたらすぐに死ぬ」

アシュはやるせなさそうな眼差しを向けてきた。

「死にません、だから早く」

ベッドから降りようとする志優の肩をアシュが止める。眉間を寄せ、志優の顔をまじまじと見たあと、フッと口元に歪んだ笑みを浮かべた。

「俺は真剣に反省しなければならないな。そして贖罪《しょくざい》を」

「反省?」

ベッドに座ったまま、志優は小首を傾げた。

「そう、これまでのことを」

アシュは床に跪き、ベッドに座った志優の手を取った。

「深く謝る。おまえにひどいことばかりしてきた。俺が未熟だったために」

「やめてください、そんなこと」

「いいから、聞け」

「王……」

アシュは志優を見上げたまま言葉を続けた。

「俺の両親も妹も叔父に暗殺された。おまえがスカラベによって埋葬した侍女もそうだ。大勢の人間が俺のために命を失った」

「アシュ……」

「もう誰かの死を見るのはいやなのだ。だから平和を最優先に、さらには医療施設も充実させていくつもりだ。もちろん、おまえにも自分の命を大事にしてもらいたい。だからこの世界に戻した。おまえはおまえのいるべき世界でもっと大勢の命を助ける活動をすべきだから」

「あの……でも」

アシュは口元に淡い笑みを浮かべた。

「これまでご苦労だった。薬を手に入れたら、感染症に関しては国の医師たちでも何とかできる。あちらの世界のことは心配せず、おまえはここで医師として活動を」

「……あなたがそうして欲しいのですか」

それはつまり別れるということなのか。一瞬の沈黙のあと、アシュは視線をずらした。

「俺は他者と深く関わりたくない。復讐のため、おまえを後宮に連れてきたが、復讐対象でないのなら、用はない。もう必要ないので、いなくなって欲しい」

いなくなって欲しい。その言葉に志優は顔をこわばらせた。それが彼の答え。もうアシュは志優を必要としていないのだ。胸にぽっかりと穴が空いて冷たい風が通り抜けていくような空虚さに、涙すら出てこない。ただ石になったように無表情のまま、機械的な口調で志優は答えていた。

「……わかりました。これまでお世話になりました」

「では、これで終わりだ。もう二度と会わない。俺が目の前から姿を消したら、おまえは、俺とのことも異世界のことも忘れる。それと同時に、その身体からも発情の種が消滅する」

「え……あなたを忘れるって」

「前に言っただろう。元の世界に戻るというのはそういうことなのだ」

「そんな……」

そんなことって。だって自分は彼を愛しているのに。ようやくその気持ちに気づき、彼の国で医療の発展のため、生きていこうと決意した。

「待って……忘れたくないです、忘れることなんて」

絶対に嫌だった。たとえどんなに辛くても哀しくても、この気持ちは捨てたくない

「あなたは忘れられるのですか、ぼくとの日々を」

「俺も忘れるのだ。永遠の縁を断ち切るために。では元気で」

アシュは志優を見ないようにして背を向けたが、その手にひと雫涙が流れ落ちることに気づいた。彼の肩がわずかに震えていることに気づき、胸が絞られそうな痛みを感じた。

「……待って。まだ行かないでください」

反射的に志優は叫んでいた。その涙の意味を知りたくて。ドアの前でアシュが足を止める。

背を向けたままのアシュを志優はじっと見つめた。

忘れられない。忘れたくない。彼と一緒にいたい。

「あなたの世界に戻ります」

志優の言葉に、アシュの肩がピクリと震える。

「お願いです、一緒に連れて行ってください」

「どうして。こちらの世界に戻り、医療に尽力するのがおまえの望みだろう？　なのに」

「あなたが好きだからです。愛しているから離れたくないんです」

志優は点滴を抜いてベッドから降りて後ろからアシュに抱きついた。

アシュは息を吸い込み、振り返った。

「今……なんと言った」

目をみはって志優を見つめるアシュ。切なげな目。たまらない愛しさがこみあげ、志優は彼のターバンの先に触れるか触れないかのところに手を伸ばし、すがるように懇願する。

「だから側にいさせてください」

するとアシュはため息をつき、腕を組んでなにか考えこむようにうつむいた。数分ばかり沈黙が続く。そのあと、腰に手をあてがい、低い声で返してきた。

「断る」

「どうして」

「許可できない」

そう言ったあと、アシュの手が伸びてきた。と同時に、志優の身体はアシュの腕のなかに抱き締められていた。

「……おまえの命が尽きてしまう」

「え……」

「俺……正しくは……王族の、黒豹の一族以外の者は、こちらとあちらの世界を一度しか往復できないのだ。それだけ肉体に負担がかかってしまう。おまえがもう一度あちらに行こうとしてももうできないのだ。すでにサソリの毒を受け、肉体的にも弱っている。向こうに行こうとしても、瞬時におまえの寿命は尽きてしまうだろう」

「そんな」

「だから本当に終わりだ。俺もおまえを愛しく想っている。以前は憎んでいたが、これが愛なのか恋なのか、ただの執着なのかずっとわからなかったが……今ここにきてどれほど愛していたかはっきりとわかる。だから死なせたくない」

志優は目をみはった。

どうしよう、涙があふれそうになる。

ずっと欲しかった想い。それがそこにあるのに、これで別れてしまうなんて。互いに愛する相手を忘れて生きていくことになるなんて。

同じ想いを彼が自分に抱いてくれているというのに。

「いやです……あなたを忘れるなんて」

「無理を言うな」

アシュが志優の身体を引きつけ、唇を重ねてくる。

「ん……っ」

唇を重ね、アシュが舌を絡めてくる。志優は彼の腕を掴み、そのくちづけに応えていた。

甘いバラの香りがする。

初めて会ったとき、腕に抱えられるほどの小さな黒豹だった。そのときも同じ香りがした。

愛しくて胸を疼かせる匂い。

まだ志優の身体はこの人に発情する。この人が欲しくて欲しくて仕方がない。けれどそれは肉体が発情しているからだけではない。心から好きだから。

「ぼくは……ツガイになれないのですか……あなたの伴侶に。確か意識を失う前、ぼくを伴侶にすると言ったではないですか。それともあれはぼくの幻聴だったのですか」

問いかけると、アシュは視線をずらした。

「できなかった……だからここに連れてきた」

「意味がわからないです、ちゃんと説明してください。でないとあなたを忘れて生きていくことなんてできません」

「……俺の血をおまえに分け与えれば……黒豹王の伴侶となり、ツガイとなって……おまえは時空の歪みを行き来しても死ぬことはない。俺と同じ生命の力を得れば、サソリの毒へのショック症状も消えるであろうことがわかっていた。だからそうしようか迷った。でもできなかった、だからこちらの世界に戻すことにした」

「迷ったのですか……どうして」

伴侶にすると言ったのに。どうして迷ったのか。愛していると言っているのに、ツガイにしなかったのはどうしてなのか。

「おまえの意思を尊重すべきだと思ったからだ。医師として働きたい、その信念を曲げてまで自分のツガイにできなかったのだ。俺の真のツガイに、花嫁になれば、おまえはもう二度とこちらの世界には戻れない。なにより人間ではなくなるのだ」

「人間で……なくなる？」

「そうだ、おまえも黒豹の眷属、つまり人でもあり黒豹でもある生き物となる。俺のツガイになるとはそういうことだ。俺の血を飲み、生命の力を得たあと、人間の姿で黒豹の俺に抱かれる儀式を行う。それがあちらでの婚姻だ」

「黒豹のあなたに……」

想像もしていなかったことに驚いて呆然とした。

「そのあとは、満月の夜になるたび、おまえの身体は交尾をしたあと、必ず黒豹になる。そして三日間、黒豹同士、蜜月を過ごしたあと、また人間になって、国王夫妻として国を治めていく。それが俺のツガイになるということだ」

あのとき、もし彼の血を飲んでいたら、そういう人生を送ることになった。

けれどそれを志優に強いることができなかった。

「できなかったのは……あなたの愛ゆえ……ですね」

「……っ」

「本当のことをおっしゃってください。どうせ別れたら、あなたのことを忘れてしまうのです。だから隠さず、本音を告げてください」

志優はアシュの両腕を掴み、祈るような眼差しで問いかけた。

アシュは淡く微笑し、頷いた。

「そうだ」

「ぼくを愛しているから……無理に黒豹にすることはできなかった。そういうことなんですね」

「その通りだ」

アシュの言葉に志優は両眼から大粒の涙を流した。もしかすると、生まれて初めてかもしれない。こんなふうにボロボロと涙が出てくるのは。

「どうして泣く」

「嬉しくて。あなたが無理やり血を飲ませようとしなかったことが。あなたが迷ってしまったことが……嬉しくて、幸せで……涙が止まりません……」

「そんなに嬉しいのか」

「はい」

「俺と別れるのが」

その言葉に思わず苦笑し、志優は首を左右に振った。

「いいえ、違います。あなたの気持ちが。そして別れなくてもいい方法があったことに」

志優が言うと、アシュは眉を寄せた。

「飲ませてください、あなたの血を」

「……だが、俺はおまえのことを考えて……おまえだってそれが嬉しいと」

「ええ、ぼくの気持ちを尊重しようとして、ぼくが嫌がることはしたくないと思って、迷われた行為が嬉しいのです。そうしてくださっても、ぼくは全然かまいませんでした。けれどあなたはしなかった。それが嬉しいのです」

「……志優……」

「ぼくを愛しているからできなかった、そうおっしゃられる気持ちが嬉しいのです。ぼくもそうです、あなたを愛しているから、あなたが嫌がることはできない。でもあなたが望んでいることならやります。どうかぼくをツガイにしてください」

「黒豹になるんだぞ」

黒豹に……。どんなものなのか全く想像がつかない。けれど迷いはなかった。なぜなら、彼と同じ生き物になるのだから。

彼がすでにそうであるものになるのに、何の迷いがあるだろうか。

「あなたと同じ生き物になれるなんて……こんな幸せはありません」

志優は自分が笑顔になっていることに気づいた。これ以上ないほど幸せな笑みを彼に向けていることに。

「いいのか」

「はい」

「もう二度とこちらの世界には戻れないぞ。こちらの世界ではおまえの存在はすべての者から忘れ去られ、もともといなかったものとなってしまう。それでもいいのか」

いなかったものとなる。けれど彼の記憶からは消えない。なにと引き換えることになっても、自分の幸せがどこにあるのか、志優にはわかっていた。だから迷うことはない。

志優は笑顔のまま言った。

「かまいません、あなたがいる世界に行くんです。こんな幸せはありません」

そう告げた瞬間、強い力でアシュに抱きしめられていた。「愛している、もう手放さない、おまえは俺のものだ」という狂おしい言葉が鼓膜に溶けるのを感じながら。

そうしてその夜、志優は黒豹になったアシュと遺跡のなかの神殿で交尾をした。

黒豹が自分の手首を切って、志優にその血を飲ませる。

「……っ」

その血を口に含んだとたん、それまで脳の奥に響いていたような黒豹の声がはっきりとした響きとなって聞こえてきた。

「これでおまえは俺の妻だ」

「はい」

「俺が妻として認めたものは、俺と同じ能力を有し、ツガイとして共に同じ寿命を生きる。ただし俺と離れたら一日とて生きていけない」

一日とて生きてはいけない。それがツガイの意味。凄まじい関係かもしれないが、彼との絆がそれほどまでに深くなるのだと思うと果てしない喜びに胸が熱くなり、涙がこみあげてくる。

「はい。あなたと共に生きていきます。どうか早く……一刻も早くあなたの妻にしてください」

迷いも不安もない。それどころか、早く彼のツガイ――命や魂までも番う存在になりたいという強い想いに駆られていた。常に平静であることを良しとしてきた自分とは思えないほどの

から。
激しい衝動だった。彼と離れることのほうが恐ろしい、彼を忘れて生きるほうが耐えられない

「ありがとう、志優。世界一、幸せな花嫁になって、永遠に俺を喜ばせてくれ」

黒豹のアシュはそう言うと、志優を組み敷き、後ろから身体を結合させてきた。

黒豹の血を飲み、黒豹と肉体を結合させる。

そうすれば、志優は永遠にこの異世界のものとして、彼の妻としていきて行くことになる。

「愛している、志優」

黒豹がのしかかり、首筋や耳の裏を舌先で舐めあげていく。恐れよりも彼と心と身体をつなぎ合わせていける喜びに全身の肌が熱く震えた。彼に触れられただけで発情し、彼を求めてしまう肉体は黒豹の彼が相手でも恐ろしいほどの反応を示してしまう。

背中を撫でていく黒豹の被毛がとても心地いい。サラサラとした感触にくすぐったいような、皮膚の毛穴の一本一本を大切に愛しまれていくような快感を覚える。

「ん……っふ……っ」

後ろから抱きながら、片方の肢の肉球が志優の乳首を愛撫していく。やわらかで面積の広い肉球に、乳首をプツリと潰されると、カッと腰のあたりまで痺れたようになり、志優の身体の中心のものはたちまちぐっしょりと蜜を溢れさせていた。

「あ……っ……っ」

「これが好きなのか？」

肉球でマッサージされるように、プルプルと乳首を弄られていく。弾力のある、やわらかでなめらかな肉球。そんなものでころころと乳首を嬲られたり、潰されたり転がされているなんて。恥ずかしい。けれど身体の芯が熱くなり、腰がうずいてどうしようもなくなる。

「好き……好きです……」

「これがか？」

「それも……あなたも……」

やがて黒豹が後ろへと身体をずらし、志優の後孔をざらついた舌先で舐め始めた。

「あ……えっ……んんっ」

何という体感だろう。彼が人間のときにも舌先でそこを嬲られると、たまらなくなって我知らず腰を悶えさせてしまったのに、ざらりとした別の舌先で内部を弄られると、怪しく蠢く別の生き物がそこに入り込んできたような錯覚と倒錯的な感覚に粘膜がふるふると震えてもうじっとしていられない。

「ああ……いや……あっ」

ざらついた舌先が淫らにうねりながら、肉襞を強くこすりあげるたび、快感が背中を駆けのぼっていく。志優はたまらず身悶えた。感じやすい粘膜が過敏に反応し、体内が疼いてどうしようもない。

とろとろにほぐれるまで可愛がったあと、アシュは舌を抜き、志優の腰をひきよせた。

後孔に触れる黒豹の剛直。たっぷりほぐされていたとはいえ、巨大な肉食獣の性器がズプッと体内に挿ってきた瞬間、あまりの激痛に頭が真っ白になった。

「あ……ああっ」

悲鳴をあげ、全身をこわばらせる。おそらくまだ先端だけのはずなのに、その圧倒的な質量に息もできず、このまま内側から壊されるのかと思った。

「志優……力を抜いて、楽にしろ。そうすれば以前におまえに埋めこんだ発情の種が自然と花ひらき、夫を受け入れる快感が体内にあふれてくるはずだ。おまえは……俺のツガイなのだから」

アシュが耳元で囁き、舌先で耳の裏やうなじを舐めていく。俺のツガイ。そう、これが黒豹の妻になることなのだ、これまで多くの彼の先祖たちが自然としてきた行為なのだと思うと、少しずつ身体のこわばりが解け、じわじわと己の粘膜が彼に馴染んでいくのがわかった。

「ん……っ……ふ……っああ……っ」

苦しさがないわけではない。けれど体内の発情の種が芽吹き、花開こうとしているのがわかった。裂けそうな痛みなのに、彼が欲しくてたまらない。彼と繋がりたくて粘膜がうずうずと疼きながら、彼の剛直にまとわりつき、吸着しながら心地良さそうに飲みこんでいく。

「あっ……アシュ……っ……そこ」

いつしか根元まで埋めこまれ、彼と一体になった快感に志優は甘い声をあげていた。

「黒豹に抱かれるのは好きか」

志優のあられもない反応に、彼が真摯な声で問いかけてくる。そんなこと訊かないでほしい。恥ずかしいから。こんなにも感じているのだから、好きか嫌いかなどわかるだろうに。

「言え、好きか？」

黒豹がグイグイと後ろから腰を打ち付けてくる。志優の腰骨を抱きこみ、荒々しく巨大な肉食獣に奥を穿ち続けられていく。

「あうっ、ああ……好き……好きです……っ！」

「そんなにいいのか？」

「……あぁ…いい……すごい……っ」

ずぷずぷと音を立てながら、これでもかというほどの激しい抜き差しがくりかえされる。深い部分を抉られるたび、彼と番う喜びと甘美な快感とが一体となって志優の全身をさらに熱くした。

「あっあ……ああっ」

そして達した瞬間、志優は自分の身体が黒豹になっていることに気づいた。

黒豹になっている。肢も身体も何もかも。

「黒豹同士でもこの後交尾をするのですか」

黒豹の姿になった自分に違和感を抱きながらも、こういう事態のときこそ冷静に理詰めで物事を考えないとすまない性格ゆえ、志優は真面目にアシュに問いかけた。

「そうだ」

「黒豹同士では……どうやってするのですか」

「今から教えてやる。といっても俺も初めてだが」

そう言って背中からのしかかってくるアシュが愛しかった。

まだいろんなことが続けて重なっているせいで自分がどうなっているのかわからなかったが、人間同士、黒豹と人間、そして黒豹同士で戯れることができるなんて、なんて素敵なのだろうと思った。

志優の腰を掴んで黒豹の彼が体内を穿ってくる。

同じ生き物同士の交尾……。人間同士のそれと変わらない気がした。

愛しあっていれば、なにも変わらないのだ、すべてが心地いい。

そんなふうに思いながら、志優はアシュに抱かれ続けた。

やがて意識が朦朧として、何がなんだかわからないようになり、快楽に達しそうになった刹那、耳元で彼の声がした。

「これでおまえは俺の妻だ。婚姻の儀は終わった」

＊

「ん……っ……」

重い倦怠感を抱きながら目を覚まし、志優は隣にいるアシュの肩に寄りかかった。

とても疲れていた。とんでもない初夜だった。いや、初夜から怒涛《どとう》の一週間だったような気がする。

「疲れたか？」

ベッドサイドの果物の皿に手を伸ばすと、アシュはザクロを半分に割り、小さな粒を志優の唇の間に押しこんできた。うっすらと開いた唇から入ってくる果肉。飲みこむと少し力が出た。

「いえ……あれくらい平気です」

志優は淡く微笑した。

元いた世界の遺跡の前で、正式にアシュの妻になったあと、再び異世界に戻ってきた。

満月の夜の前後三日間以外に、あちらとこちらを行き来することはできないらしいが、国民を守る薬を手に入れるためとして、アシュがもともと自分だけは還《かえ》れるようにしておいたらしく、特別に戻ってくることができた。

アシュと志優は薬を手に病院に行き、この一週間、蜜月旅行の代わりに、二人で懸命に病気になった国民のため、治療に専念した。

そうして気がつけば一週間、アシュは国王として政治の場で、志優は医師として病院で懸命に国民のために働いたのだが、おかげで病気の蔓延を防ぐことができた。

と同時に、病院で懸命に医療に従事する志優の姿を見て、人々は国王の新しいツガイは何という素晴らしい人物なのかと思うようになったらしく、アシュを慕う人々が増えたという。

そうして一週間が過ぎ、ようやく志優とアシュはハーレムのベッドで二人で過ごせる時間が取れるようになった。

「これから国家は一週間の祝日だ。年に数回の豹たちの交尾の季節が始まる。しばらく国中が盛っていて、華やかな気分になるぞ」

「国中が？」

「ああ、国王夫妻も国民と足並みを揃え、おおっぴらに盛れる最も楽しい季節の始まりだ」

楽しそうに呟き、アシュは今度は熟れた桃を手にとって囓《かじ》ると、志優にのしかかってくちづけしてきた。蕩けそうな桃の果肉ごと舌を絡めとられ、甘く馥郁《ふくいく》とした香りが口内に広がって全身が心地よくなっていく。アシュは唇の隙間から漏れた果汁のあとを追うように、首筋や首の付け根、それに乳首へと舌を移動させ始めた。この国の果実は志優のいた世界よりもずっと濃厚で甘く、そして発情と精力を促進させる媚薬成分を含んでいることを最近知った、だから口に含んだだけですぐにたまらなくなってしまう。志優は自分から足をひらいてアシュの背に腕をまわしていた。

もうあちらの世界に志優が生きてきた足跡は存在しない。この先、二度と志優はもとの世界に戻れない。黒豹の姿になって彼とともに戻ることは可能だが、人間の、あちらでの森下志優としての人生はもう消えてしまった。

「志優、ありがとう」

「え……」

「俺の妻になってくれて。この世界で生きることを選んでくれて」

ありがとうを言うのは自分のほうだと思った。

ツガイにしてくれ、伴侶にしてくれ、何よりも深く愛してくれてありがとう、と。

志優は笑顔で答えていた。

「アシュ、大好きです。ぼくの国王、いえ、ぼくの夫……永遠に慈しんでください」

そんな志優にアシュも幸せそうな笑顔を見せた。

「ああ、永遠に。だから笑っていてくれ、そんなふうに」

「笑って？」

「志優の笑顔に……癒される。志優の笑みを見ていると元気が出る。だからいつでも笑っていてほしい。おまえはいつでも美しいが、笑顔は特別だ。本当に幸せな気持ちになる」

「……っ」

その言葉に、眸にどっと涙が溜まっていく。志優はほおをぐっしょりと濡らしていた。

「どうした、何で泣いている」

「……っ」

「泣くな、笑顔が可愛いと言っているのに、どうして泣く……」

「すみません……これは……」

言葉を詰まらせ、涙を流しながら、それでも気持ちを伝えようと志優はアシュにほほえみかけた。

「あまりにも幸せで」

だから涙が出てくるのですと伝えようとした志優の唇をアシュの唇がふさいでいた。

こみあげてくる幸せな気持ち。甘い喜びに満たされながら、志優はこれからの一週間、アシュをどれだけ深く愛していこうか、アシュからどれだけ深く愛されるのかと考えただけで、もう胸がいっぱいになって怖いほど幸せだった。

そして志優は王の妻として、国家の医師として彼の王国を支えるために生きることになった。

一週間の祝日開け、国民が一斉に宮殿に集まり、国中で祝賀が行われることとなった。

そのとき、志優は宮殿の隅に佇む老婆に気づいた。あれはアシュと出会う直前、遺跡の前で出会った女性だ。アシュが一瞥すると、老婆は微笑み、二人に手を振りながら天へ登っていく。

「祖母の魂だ。叔父を生かし、国家を乱す原因を作ったことを後悔し、死んだあともこの世を彷徨っていた。だがもうあの世に旅立つようだ。平和な国家の門出を祝福しながら」

そうか。そうだったのか。もしかすると彼女の平和への思いが志優をあの遺跡に導いたのかもしれない。そう思ったとき、何となく母もどこかから二人を祝福してくれているように感じた。

この先、母を思うたび、志優は実感するだろう。平和な世界で愛する人と暮らせる人生がそれがどれほどかけがえのないもので、どれほど大切なものなのかを。アシュとの人生の幸福を……。

「では、いくぞ。俺の愛する王妃を、改めて正式に国民に紹介する」

「はい」

平和が訪れた人豹の王国。

黒豹のツガイとして、ここでさらなる平和のためにアシュと共に生きていく。

その決意を胸に、アシュと手をとり、志優はバルコニーに進んだ。

朝の美しい光が砂漠をキラキラと煌めかせ、人々を明るく照らしていた。

あとがき

こんにちは。このたびはお手にとっていただきまして、ありがとうございます。

何とダリア文庫さんでは7年半ぶり。またこちらでお仕事できまして大変嬉しいです。

今回は、大人の男ふたりのアダルトなもふもふハーレムものを目指しました。

攻のアシュは「黒豹の王国の王様で黒豹の化身」ということを別にすれば「典型的なオレ様アラブの王様」。

一方の受の志優は「仕事一筋の生真面目な美人医師」。

典型的なオレ様スパダリ攻が、誇り高い美人受をハーレムに連れ込み、媚薬やら何やら色々頑張ってエロエロなことを教え込んで、互いにメロメロになっていくハーレムものにもふもふ要素を加えたアダルトな王道アラビアンナイトに挑戦する予定でした。

なのに全然アダルトにも王道にもならなかったのは、アシュの実質的な年齢がこれまで書いた中での最年少（犯罪レベルの）、そして実はものすごい年の差だったせいだと思います。なにせこのふたり、アシュが生後六カ月の時に出会い、授乳のような哺乳瓶を介しての関係から始まっていますからね……。

ネタバレになるので、このへんの詳細は本編でご確認くださいね（苦笑）。

さらに王道にもならなかったのは、アシュが溺愛系のヘタレな弱虫くんになってしまったのも原因だと思います。そういえば、私……これまでにアラブものを何回か書いたことがあるのですが、どれも攻がヘタレな弱虫くんになってしまった気がしないでもないです。そして必ずハマムが出てきますが、やっぱりアラブはアラブ風呂がエロい感じで好きです。

あ、でも毒ヘビは出しすぎているので、今回はサソリにしました。さすがにワニは使えないなと思いまして。

あと志優のお仕事は、これまで別のお仕事でかなり読みこんだ資料が膨大にありましたので、そのあたりのあれこれをチョットだけベースにしました。

それはともかく、誤解やすれ違いを経ながら、二人が人間的にも成長して、互いを思いやれるようになるまでの、一応は王道恋愛な感じも目指したので、そのあたり、少しでも楽しんで読んでいただけましたら幸いです。

また今回、素敵なイラストを描いてくださった黒田屑先生、ご多忙な中、ありがとうございました。色っぽい褐色肌の攻を拝見することができましてとても幸せです。表紙のカラーの二人がとっても色っぽく、それに黒豹もカッコよくて眼福です。そして果実や緑のみずみずしい感じも美味しそうでたまりません。本当に嬉しいです。口絵もモノクロもとっても素敵でうっとりしていますが、とりわけ黒豹の哺乳瓶シーン、可愛くて大好きです。

そして何とこの作品を書いている間に三人の担当様にお世話になりました。お声をかけてくだされた前の前の担当様、プロットの打ち合わせをした前の担当様、本当にありがとうございました。そして、刺激的で楽しいアドバイスを展開してくださった現担当様、色々と目から鱗でとても楽しかったです。なのに、たくさんご迷惑をおかけして本当にすみませんでした。そうした申し訳なさと同時に、楽しくお仕事できましたことに心からの感謝を抱いております。

最後になりましたが、ここまで読んでくださった皆様、本当にありがとうございます。どこか少しでも楽しんでいただけましたら本当に幸せです。そしてもしよろしかったら、何か一言なり感想をいただけましたら、励みと参考になりますので大変嬉しいです。

ではまたどこかで。今後ともどうぞよろしくお願いします。

イラスト担当の黒田屑と申します。
以前より華藤先生の書くお話のファンでしたので
お話をいただいた時、私で良いのかととても不安でしたが、
とても素敵な作品に携われた事、感謝です…！！

アシュと志優の二人がこれからもずっと
幸せに暮らせますように。

黒田屑♡

初出一覧

ダリア文庫をお買い上げいただきましてありがとうございます。
この本を読んでのご意見・ご感想・ファンレターをお待ちしております。

〒170-0013 東京都豊島区東池袋3-22-17　東池袋セントラルプレイス5F
(株)フロンティアワークス　ダリア編集部
感想係、または「華藤えれな先生」「黒田 屑先生」係

この本のアンケートはコチラ!

http://www.fwinc.jp/daria/enq/
※アクセスの際にはパケット通信料が発生致します。

黒豹王とツガイの蜜月～ハーレムの花嫁～

2017年4月20日　第一刷発行

著　者
華藤えれな

発行者
辻 政英

発行所
株式会社フロンティアワークス
〒170-0013 東京都豊島区東池袋3-22-17
東池袋セントラルプレイス5F
営業　TEL 03-5957-1030
編集　TEL 03-5957-1044
http://www.fwinc.jp/daria/

印刷所
中央精版印刷株式会社